U0050779

Fiat justitia ruat caelum

Fiat justitia ruat caelum

魔瞳 6

The Devil's Eye

邦拿 作品

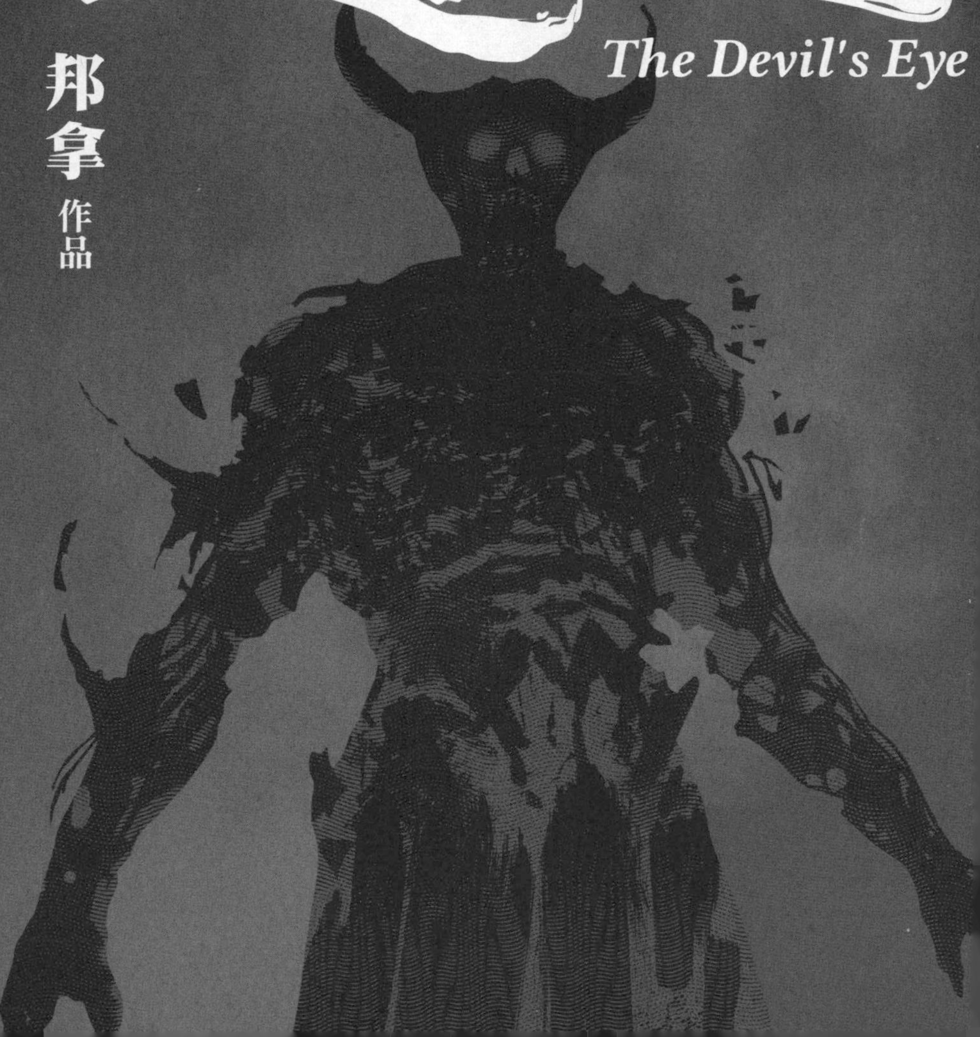

第五十二章——處處是敵

第五十二章　處處是敵

富熞二博是名漫畫家，據他自己說，他創作的漫畫頗有人氣，世界各地都有不少讀者，只是他天性懶散，常常脫稿，所以作品評價雖高，讀者對他本人卻是又愛又恨。

這天，他再次以取材為由休刊，獨自來到青木原樹海，打算尋找創作靈感。

可惜，車子才剛駛進青木原的周邊範圍，便被我截停，脅逼他回去在笛吹市的家。

打開大門，看到屋內情況後，我忍不住說了一句：「你家挺凌亂的，外人不知道，還以為有賊入屋爆竊。」

「沒辦法，我還未結婚，沒人幫忙收拾，家的確是不那麼整齊。」富熞搔搔頭，神情卻滿不在乎。

「嗯，你去替我們買點吃的吧。」說著，我看了看身後衣衫不整的女子後，跟富熞說道：「還有，順道買一些女性衣服。記住小心行事，別露出馬腳。」

「沒問題，我會小心。」富熞拍拍胸口說罷，便即離開。

先前在青木原攔截富熞，我原以為他要不奮力反抗，要不驚惶而逃，可是當他看到我手中槍械時，竟露出一臉興奮，極度配合，及後聽到我自稱是被人追殺的魔鬼，更是主動提出要協助我。

我起初也是意料不及，但富燡說他畫了十多年奇幻漫畫，早就渴望碰到真正的奇人奇事。

對於我的出現，他是驚喜多於害怕，也大大刺激了他的創作靈感，因此想也沒想，便決定助我逃出青木原。

原本我怕他存有異心，不過細心觀察一會兒，不似有詐，便姑且相信他的話。

反正此刻撒旦教主失蹤，撒旦教上下定必四出搜索，我不便在外頭露臉，所以有人甘願充當跑腿，也是不錯。

富燡離開後，我便仔細地檢查了房子。

富燡的住所不大，只有一間書房和洗手間，堆滿雜物和衣服的大廳正中，則有一座充當睡床的沙發。

房子雜物處處，唯一算得上整齊的地方，就只有書房中那放滿漫畫的書櫃。

一直風塵撲撲的趕了一大段路，現在好不容易終於能安靜下來，我的精神不禁稍微放鬆。

我撥開沙發上不知是乾淨還是污糟的衣服，弄出一片空位，坐下後便拍拍另一邊，示意女子與我同坐。

先前富燡還在時，女子表現得有些拘謹，現在只剩我倆獨處，她便顯得神態自若。

也許，她和我一樣，對雙方都存在一種奇特感覺。

和她相顧片刻，我便問道：「你叫甚麼名字？」

我以數種不同語言發問，但女子似乎都聽不明白，只一直露出疑惑的表情。

我早料到情況如此，因此便指了指自己，道：「畢，永，諾。」

雖然還是說著她不理解的語言，但女子腦袋不差，我說了幾遍後，她雙眼便閃過一絲恍然，然後模仿著我的動作，玉指指著自己，吐出幾個音節。

那幾個音節，顯然是她的名字，這名字不算特別，可是傳進耳中，卻讓我感到極度震撼。

「瑪，利，亞。」

女子語氣溫婉，一個音節接著一個音節地慢慢道出。

瑪利亞不算是一個獨特的名字，古今皆有不少女子有此名字。

可是和魔鬼、甚至是撒旦扯上關係的「瑪利亞」，不會有太多個，而聖經裡提及過的，就只有兩個，一個是耶穌母親，另一個是抹大拉的瑪利亞。

看著眼前女子，神態莊嚴婉淑，舉手投足都散發著獨特氣質，又想起她那徒手治療傷口的奇技，我心中已經有了答案。

這名從『約櫃』之中走出來的「瑪利亞」，必是號稱天上唯一的獨生子、耶穌基督的母親，聖母瑪利亞！

雖然和很多傳說人物打過交道，但先前的所有經歷，統統都不及我現在得知眼前人是耶穌母親般讓我驚訝萬分！

我與耶穌，命中注定勢不兩立，偏偏現在他母親卻出現在我面前，而我和她之間，更存在一種不屬於仇恨或敵意的奇異感覺！

一時之間，我只感到無比迷茫。

拉哈伯留下的謎、「鏡花之瞳」的失效、瑪利亞的出現、全都是我完全不能理解的疑團。

我不知撒旦為甚麼會將瑪利亞囚禁在『約櫃』之中，而我更不知把她釋放出來，到底是福是禍！

一股無力感突然襲上心頭，我只能以手掩眼，仰頭倒在沙發上。

瑪利亞察覺到我的異樣，突然用手，輕輕碰一下我的手背，然後給了一個關心的眼神。

看著那雙澄明的眼睛，我知道她沒有敵意，我也完全提不起殺她之心，但無奈雙方身分實在有太大差異，我只能勉強向她擠出一個笑容。

深呼吸一口氣，我勉強壓下煩擾的情緒，好讓自己冷靜下來。

假如女子真是瑪利亞，而把她鎖在『約櫃』裡的又是撒旦的話，那麼她可是被囚禁了整整二千年！

聖經裡有不少關於瑪利亞的記載，但從未明確提及過她何時何地離世。人間唯一流傳的傳說，就是聖母遺體可能埋葬在耶路撒冷。

「想不到傳說說對一半，瑪利亞真的一直在耶路撒冷。」我看著眼前的她，心中想道：「不過真相是，她並沒死去，而是被活生生囚禁起來。」

這時，我記得拉哈伯曾經提過，耶穌生活的那個時代，使用的語言叫作「亞拉姆語」。他還說說，現在還有不少敍利亞人說著這種語言，只是二千年過去，整套語言定必有不少變化，但我推測基本用詞，應該還保持著原本模樣。

因此，想和瑪利亞交流，我必須先學會亞拉姆語。

想念及此，我便帶著瑪利亞來到浴室，放水給她洗澡。

瑪利亞和世界脫節了二千年，一直對沿路所有東西都顯得很好奇，當她來到浴室，看到蓮蓬頭噴出熱水，更是驚訝得呼了一聲。

我讓她獨自留在浴室，自己則來到書房，借用了富燈的電腦。

等待電腦完全啟動時，我閉上雙眼，凝神守心，再次嘗試催動魔氣。

可惜，我感覺得到體內魔氣在隱隱流動，但偏偏它們不肯像往常般匯聚一起。

我又嘗試最基本的魔氣激活之法，像是回想起拉哈伯的死，希望透過悲傷，打開「鏡花之瞳」。

無奈的是不論我回憶了多少遍那慘痛的一幕，左眼始終毫無聲息，平靜如常。

「究竟發生甚麼事了？」我抱頭無力的道。

現在我失去了魔瞳能力，簡直和普通人無異，要是以此刻的力量，直接面對撒旦教以及已歸順的殲魔協會這兩大勢力的追擊，定必九死一生。

「現在我手中的資源，就只剩太陽神教。我得先和莫夫聯絡，回烈日島再作打算。不過，還有十二小時，他才會再次打開『耳朵』。」我看著左手手腕上的黑色耳印，心道：「他再從埃及趕來，亦需一天。這段時間，得好好躲藏起來。」

先前莫夫在我衣領上烙下的，是右耳的印。

那道印是長久打開，因為他需要聽從我的指示以引爆針型炸彈，不過那道「耳印」早已超過了使用極限，而我本來的衣服也早爛掉，所以現在不能再依靠那道印和他傳訊。

至於左手手腕上的，則是莫夫左耳耳印，烙下的時間只有兩個小時，假如他從右耳耳印中聽不到我說話太久，每天日本的零晨時分，他便會打開左耳耳印，並持續十分鐘。

看看牆上掛鐘，距離清晨還有好半天，我只得耐心等待。

這時，我又想到子誠及師父。

薩麥爾說他沒擄走他倆，那麼實情很可能是他們成功擺脫妲己逃走。

師父的身體狀況如此惡劣，所以理應還在埃及，待我與莫夫回去後，便得盡快找到他們。找到師父，或許就能得知我打不開魔瞳的原因，就算師父不知道，還有一人能解我疑惑，那人就是孔明。

「雖然我不知道臥龍此刻在哪兒，但他說過只要我得到『地獄』，他便會出現。」我摸摸下巴，心中暗忖：「要是得到『地獄』，就可以讓孔明現身，解決所有疑惑！」

咇。

眼前電腦的螢幕突然亮了起來，把我的注意力拉走。

我呼出一口氣，暫時壓下煩惱，開始搜尋起關於亞拉姆語的網站。

沒多久，我便找到一個亞拉姆語教學網，讓我能稍微瞭解一下這種古老語言。

由於亞拉姆語和阿拉伯文相近，而埃及官方語言正是阿拉伯文，在埃及生活多年的我自學了一會兒，便對這亞拉姆語有個大概認知。

把古老語言消化後，我又看了一下日本當地的新聞網站，留意有關青木原大火的報導，卻發覺官方的解釋，是一名打算自焚尋死的人，留下的火種波及四周樹木，令火勢一發不可收拾。

對於這種與事實完全不符的報導，我沒感意外，只是證明了撒旦教仍然牢牢控制日本的媒體。

此時，房子大門忽然打開，卻是富燈回來了。

「老大，這是你的衣服。」富燈從紙袋中拿出一件黑色毛衣和長褲。

「謝了。」我接過衣服，問道：「一路上，有遇上可疑的人嗎？」

「放心吧，我繞了許多路，確定無人跟蹤才回來的。」富燈拿著另一袋衣物，問道：「對了，這些女裝……」

我聽到浴室仍然充滿水聲，便吩咐他道：「先放下吧。」富燈依言將紙包放在浴室門外。其實要是真被撒旦教或殲魔協會的人跟蹤，只是一介凡人的富燈定必察覺不到，但我逃走時青木原正兵荒馬亂，按道理他們還未來得及查到此處。

「對了，你可以繼續自己幹活，不用理會我。」我邊穿上新的毛衣，邊說道：「只要不隨便出外就好了。」

「幹活？我沒甚麼好幹啊。」富燈搔搔頭道。

「嗯，你不是個漫畫家嗎？」

「是啊，但我去青木原本來就是要取材。」富燈說到此，語氣有點無賴，「但還未進去，就被老大你帶回來了。」

「你這是怪責我的意思了？」我皺起眉頭。

「嘿，我只是陳述事實。」說著，富燈忽然一臉興奮，「不然，你給我說一些魔界的事吧？」

「魔界的事？」我奇道。

「對！我本來就是因為沒有靈感，才會自己一個跑到青木原。」富燈坐到我身旁，故作親熱地道：「現在取材不成，如果老大肯說說關於魔鬼的事，說不定能讓我靈感爆發。」

聽到他的要求，我本想一口拒絕，但想到眼下還需要他的幫助，便決定稍微滿足他的要求。思前想後半晌，我最終點頭，道：「好吧，就跟你說一下這個世界真實、黑暗的一面。一個實際上由魔鬼支配的世界。」

「真的嗎？」富燈見我沒有拒絕，立即靠得更近，興奮問道：「那……你會先說甚麼？」

「魔鬼的根本。」我指了指眼睛，笑道：「魔瞳。」

富燈是名好奇心極重的傢伙，我所說的奇人異事，每次聽到稍有不明白的處，定必尋根究底地追問，但他並非懷疑我的話，反而完全接受，只是他求知慾極強，所以對不清楚的事，總想問個明白。

原本我只是打算隨便挑一些魔界無關痛癢的傳說來說，但富燈的追問總是一針見血，說著說著，也使我投入起來。

加上我認為重溫一些魔界傳說，說不定能找出拉哈伯所說的謎題，因此我和富燈談得興起，不知不覺又過了好一段時間。

一直到我向他解構撒旦教的勢力時，浴室的水聲，終於停了下來。

「好了，今天就先說到這兒吧。」我站了起來，道：「我有點事情要跟她談，你可以替我到露台把風嗎？」

富燈還在咀嚼我的話，一臉聚精匯神地思索，聽到我的吩咐只是點點頭，便徑自走到露台，再點了根菸，邊抽邊看著街道狀況。

我走到浴室門前，輕叩一下，問道：「瑪利亞，門外有些新的衣服，待會我走開，到時候你就自己開門取走吧。」

我用的正是亞拉姆語，話才說罷，浴室裡立即傳來一聲輕輕的驚呼。

「你……你怎麼懂得說亞拉姆語？」清脆悅耳的女聲在浴室裡問道。

「剛剛學的，還可以吧？」我淡然一笑。

「嗯……我……我現在出來了。」瑪利亞小聲說道。

「好的。」說罷，我便轉身走回大廳。

我坐在沙發上等了好一陣子後，忽有一股淡淡的沐浴露香氣，從我身後傳來。

「你出來了。」我笑著回頭，一看卻頓時怔住。

只見瑪利亞正穿了富燈買回來的白色長裙，裙子樣式普通，但襯上瑪利亞高雅氣質、絕美麗容，以及那雙充滿智慧與憐憫的雙眼，竟散發出一股難以形容的典雅，使我一時看得走神。

瑪利亞被我瞧得有些不知所措，古銅色的肌膚泛起一陣不易見的紅暈，問道：「怎麼了……我穿得不對嗎？」

「沒有，你穿得沒錯。」我搖搖頭，淡然一笑，「只是穿得很美。」

瑪利亞聽到我的話後，臉頰變得更紅，低頭羞澀不語。

其實我並非調戲，而是衷心讚美，但看到瑪利亞的表情後，我便知道自己說錯了話。

尷尬的氣氛使我倆都沉默下來，過了半晌，我才再次打開話題，自我嘲笑道：「我未學懂阿拉姆語時，尚能和你交流一下，想不到現在懂了你的語言，反而更有隔膜。」

「不，沒這事回事，我只是……有點意想不到。」瑪利亞把尚未乾透的頭髮撥到耳後，低頭小聲道。

「我剛才是有點唐突，我們就把它忘了吧。」我笑了笑，道：「再次介紹，我叫畢永諾。」

「諾，你好。」瑪利亞微微點頭，露出如陽光般溫暖的笑容。

看到如此優美的一笑，我自然又看得有些入神，但有了之前教訓，我很快便回過神。

「對了，你說你叫瑪利亞。」我收起笑臉，正容問道：「那麼……你是聖經所指的那位瑪利亞嗎？」

「聖經？」瑪利亞秀眉一皺，臉現疑惑之色。

「我意思，是耶穌的母親。」我身體前傾，凝視她深棕色的眼瞳，緩緩說道：「耶穌，就是那個被稱為上帝獨生子的人！」

「耶穌！」

瑪利亞聽到這名字，身體立時一震，雙眼瞪得老大，卻又隨即閉上，一臉痛苦的摀住頭。

我見狀急問：「你怎麼了？」

「我的頭……很痛！」瑪利亞雙目依舊闔上，額頭卻開始滲出汗珠，「耶穌……耶穌！我對這名字有印象，但……我想不起他是誰！」

「你忘了他？」我大是奇怪，又問道：「那麼你記得你進入『約櫃』之前，身處甚麼地方、甚麼年份？」

瑪利亞咬著牙，似在竭力回想，但過了片刻，還是搖頭痛苦的道：「我忘了，我只記得人們喚我作瑪利亞，可是……我完全想不起他們的樣子。」

「你先放鬆，不要再想。」我輕拍她的肩膀，柔聲道：「有我在，不會有事的。」

瑪利亞聽到我的安慰後，緊皺的眉頭稍微放鬆，但神色依然帶著痛苦。

我看在眼內，頓時明白，瑪利亞該是失憶了。

雖不清楚她失憶的確實原因，但我推測多半是因為瑪利亞被困在『約櫃』二千多年所致。

瑪利亞失憶，對我來說是好壞難料。

她是耶穌母親，嚴格來說屬於敵對一方，但她畢竟曾活躍於二次天戰的時間，又曾與撒旦交集，那些失去的記憶，說不定能助我解開拉哈伯的謎團，甚或乎幫我成功「黑暗化」。

不過，撇除這些因素，我心底裡還是不自由主的，希望瑪利亞可以回復記憶。

因為，我最想弄清楚的，是我與她之間那種奇特的情感。

我摸著下巴，細想片刻，最後朝她說道：「跟我來。」

帶著瑪利亞來到書房，我再次坐到電腦前，不過這次我要搜索的，不是亞拉姆語教學，而是亞拉姆語版本的聖經。

我想，現今流傳的經文，雖然錯誤甚多，但若唸到當中真實的部分，或多少能勾起瑪利亞的回憶。

我在互聯網上搜尋一會兒，很快便找到不少合適的結果，不過比起亞拉姆語譯本的聖經，有一則搜尋結果吸引了我的注意。

「《受難曲》？」我小聲喃喃。

看了簡介，那是一部以耶穌死前十二小時作背景的電影，而影片其中一個特別之處，就是電影為求真實，當中對白乃是採用拉丁語、希伯來語和亞拉姆語。

雖然簡介提到電影有不少原創情節，與新約聖經中的四福音書有所出入，不過反正聖經所記載的也不是百分百的事實真相，所以我還是決定讓瑪利亞觀看這電影，因為影像比文字，來得更加直接，更容易助她恢復記憶。

選購好電影後，我便讓瑪利亞坐到屏幕前，然後開始播放。

瑪利亞對電腦感到萬分好奇，尤其屏幕上轉換不斷、栩栩生的影象，更使她目不轉睛。

電影開場不久，便是大量演員在活動，我本以為從未見過如此科技的瑪利亞會大感驚訝，可是她看到電影畫面卻沒多大反應。

不過，當她聽到演員以亞拉姆語的交談，看到那些仿古場景，她便開始不再說話，只是瞪大眼睛，聚精匯神地看著眼前片段。

我在旁仔細觀察瑪利亞的神色變化，一絲一毫也不放過。

影像亮起，先是一輪震動人心、氣勢磅薄的音樂，接著瑪利亞看到電影中那名飾演自己的演員後，身體便開始微微抖震。

看著她表情，她瞳孔的擴張反應，我便知道，這電影的確喚醒了她失去的記憶。

故事展開後，瑪利亞的情緒顯然已被情節所牽引，時而驚呼，時而咬唇，一直到電影的後半段，亦是耶穌被羅馬政府抓住後，瑪利亞才開始停止顫動、停止驚呼。

因為此時的她，唯一動作，就是流淚。

不停的流淚。

歷時差不多兩小時的影片放畢，就是一連串的製作人員名單，瑪利亞此時依然凝視屏幕，似想在屏幕中，再看到甚麼。

「瑪利亞，不用再看，影片已放完了。」我輕拍她的肩，柔聲問道：「你現在有記起了甚麼嗎？」

「我記起了我的孩子。」瑪利亞忽雙手掩臉，低聲嗚咽，「耶穌……我的孩子！」

「你記得耶穌？」我心中一動，追問道：「你可有記起其他事情？」

「沒有……我只記得剛才那些會『動』的畫的部分。此刻我腦海還是混亂一片。」瑪利亞摸著頭，臉現痛苦，「我腦中閃過很多片段，但都和剛才你給我看的不一樣，不論是人的樣貌還是環境，都和我所認知的完全不同，我不知道……哪一個才是真的！」

看到她還未完全回復記憶，我心中微感失望，但看到她臉上茫然，還是立時解釋道：「剛才你看的叫作電影，並不是真實片段，而是一些戲子在演戲而已。」

「演戲？」瑪利亞一臉疑惑。

「對，所以不用信以為真。」我伸指點了點她的額頭，道：「只有你腦裡影像，才是真的。」

瑪利亞聞言點頭，表情也稍微放鬆。

「既然你現在已回復部分記憶，那麼我也該告訴你。」我正容說道：「其實，你已被困了好久好久，現在其實已是你兒子耶穌出生後二千多年。」

「二……二千多年？」

瑪利亞輕呼一聲，眼眸中卻沒多大驚訝。我看在眼裡，微感奇怪。

「瑪利亞，你記得你這些年來一直被困在哪兒嗎？」我問道。

「一個盒子。」瑪利亞回想，身體微微一顫，道：「一個很大的盒子。」

「那盒子叫作『約櫃』，你記得困在當中的情況嗎？」

「我沒可能忘記！那盒子……『約櫃』，裡頭只有一片黑暗，比無月無星的黑夜還要暗！我擠在裡面，只能移動指頭，連抬手也不能！」瑪利亞渾身一震，喃喃道：「我記得，我被困在裡面後，拼命呼叫，可是都沒人理會！『約櫃』裡甚麼也沒有，但奇怪的是我沒感到飢渴，只感疲累。我只記得我一直呼喊，也不知喊了多久，直到喉頭再擠不出聲音時，我忽然睡著了。」

「睡著了？」我皺眉問道。

「對，就像人在疲累到極點那般，睡著了。」瑪利亞眼神變得有點呆濟，喃喃道：「沉睡了的我，也忘記自己有沒有作夢。我只覺得時間似乎變得很長、亦變得很不重要。然後，某一刻，我忽然醒了。當我醒過來時，就看到他，那個金髮男子！」

瑪利亞口中所說的金髮男子，自然是薩麥爾。

我又問道：「那麼你記得為甚麼最後會和我在一起嗎？」

「我不記得了。」瑪利亞再次搖頭，「甦醒過來不久，金髮男子便想把我捏死，後來不知怎地暈了過去，再次醒來，我便發現自己和你一起在那燒焦的樹林之中。」

瑪利亞的回答讓我頗為失望。我因為「黑暗化」失去神智，所以並不知當中發生過的事情。雖然先前從兩名殺神小隊隊員口中略知一二，但他們二人皆不在現場，因此我本希望能從瑪利亞口中，得到更詳細的片段，怎料她當時竟被薩麥爾弄昏。

不過，瑪利亞的答案也並非完全沒用，至少能讓我歸納出她在我身邊的兩種可能。一、就是有人把暈倒的我和她同時救走；二、就是化成「獸」的我，下意識帶走瑪利亞。

我個人偏向第二種可能性，讓我有如此想法，是因為我和她之間那種奇妙的感覺。我內心深處，隱隱相信「黑暗化」後的我，即便會殺盡天下人，也不會動瑪利亞半條毛髮。不過，為何會有此想法，我自己也不清楚。

摸著下巴想了片刻，我再次問道：「那麼，你記得是誰把你困住嗎？」

聽到我的問題後，瑪利亞神色再次變得迷茫。

看著她的表情，我本以為會再次感到失望，但在這此時，她忽然注視我，渾沌的眼神突然閃過一絲澄明，然後驚呼道：「是你！是你把困在『約櫃』當中的！」

「我……？」瑪利亞的答案，讓我略感意外，但從她的表情我卻知道她是認真的。

瑪利亞的說法其實並不算錯，因為嚴格來說，我和撒旦是同一人，只是現在的我沒有「黑暗化」，按道理瑪利亞該不會將我視為撒旦。

想念及此，我便問道：「瑪利亞，你見過我另一個模樣嗎？」

「另一個模樣？」瑪利亞皺起秀眉，不明所意，「我第一眼看見你，就是現在這個樣子。」

「我不過二十歲，而且也是昨天才第一次看見你。」我說道：「那麼，你為甚麼會說我就是把你囚禁在『約櫃』裡的人？」

「是感覺。」瑪利亞看著我，道：「剛才看著你，腦中想著你的問題，心中就忽然有了答案。」

瑪利亞的解釋聽起來雖然有點不可思議，但我卻知她所言非虛，因為當初我第一眼看到她，也有一種似曾相識的感覺。

只是，我一時想不明白，她為甚麼會見過沒有「黑暗化」的撒旦。

「既然你想起來，我也不妨跟你坦白，當初把你困住的人，名叫撒旦．路斯化。」我認真的道：「而我，則是他的複製人。」

見到瑪利亞一臉疑惑，我便花了點時間解釋何謂「複製人」。

「原來，你和他有著如此關係。」瑪利亞了解過後，有感而發。

「你記得撒旦這個人？」我連忙追問。

「有一點印象。」瑪利亞閉目回想，「我記得他很冷酷，常常都不說話。」

「你現在知道我是他的複製人，會討厭我嗎？」我語帶笑意地問，瑪利亞卻很認真的搖搖頭，道：「我不討厭你。」

「為甚麼？」

「雖然我忘記許多東西，但我還記得進『約櫃』前，聽到的最後一句話。」瑪利亞抬頭看著天花板，回想道：「就是撒旦跟我說：『原諒我，我只希望你能平安活下去。』」

「平安活下去？」我略感詫異，「你意思是，撒旦目的是保護你？」

「嗯，我的記憶是這樣告訴我。」瑪利亞語氣溫柔，眼神甚為堅定，「至於現在的我，即使記憶不全，但內心深處還是深深相信他沒騙我。」

身為魔鬼之首，撒旦竟主動保護天使軍領袖耶穌的母親，這件事聽起來實在匪夷所思！

雖然我對瑪利亞亦存在一種奇異好感，而我相信這感覺是源於體內的撒旦基因，但我實在想破頭皮也想不通，他和她之間為何會存在這種感覺。

天使魔鬼，從來就是勢不兩立，而在凡間會對瑪利亞不利的人，也應該只有魔鬼。可是，撒旦卻不顧一切，將瑪利亞藏在『約櫃』，而非殺了她以打擊天使軍，箇中必有一些不為人知的原因。

正當我想跟追問下去，身後忽然傳來幾下叩門聲，卻是富燈。

「怎麼了？」我回頭問道。

「老大，剛才我留意到街上有幾名不尋常的人。」富燈的聲音在門的另一邊傳了過來，「都很生面，不像是本市人。」

「你大概形容一下他們的樣貌和服飾。」

「嗯，他們共有三人，皆約六呎多高，全都穿著一身白襯衣黑西裝，打著黑色領帶。」富燈小聲描述。

「黑色西裝？」我小聲喃喃。如此普通服飾，我一時想不到是哪個教派的制服。

「他們三人的頭髮都很長，而且都束起來。」這時，只聽得富燈續道：「當中最俊俏的小白臉，束成一條及肩馬尾；另一人滿臉鬍鬢，神情威武，頭上則頂著一個偏向右邊的髮髻；最後一人樣子冷漠深沉，嗯，長得有點像日本人，則是隨便把頭髮束起，雜亂得像一柄掃帚……」

我原本心裡還是一團迷霧，但聽到這兒，忽然醒悟過來，立時用亞拉姆語急喝道：「瑪利亞，快閉上眼睛！」

「諾，怎麼了？」瑪利亞闔上眼後，語帶惶恐的問道：「是敵人追來了嗎？」

「還不完全肯定，但十之八九，就是他們來了。」我一同閉眼，緊張萬分地用日語問道：「富熤，你現在立即到客廳裝是在看電視，一邊繼續跟我描述那三人。」

「知……知道！」富熤立時應命，說話時語氣竟比先前多了點興奮。

不消一會兒，客廳便響起綜蓋節目的吵鬧聲，我聽在耳中，又吩咐道：「富熤，可以把電視靜音，敵人理應只能見我們所視，不能聞我們所聽。」

「老大，這樣行嗎？」富熤問道，客廳又變回原本的安靜。

「可以。」我閉眼問道：「那三人身上有沒有帶著甚麼武器？」

「武器？我看不到他們有甚麼武器啊……」富熤疑惑的聲音從沙發上傳來後，忽然「啊」的一聲，道：「對了，我看到他們每人都背負一個大提琴箱，說不定武器就是藏在裡面！」

「有這可能。」我聞言皺眉，又問道：「他們身邊，有沒有任何異獸？」

「異獸？我只看到那束馬尾的美男子，腳邊有頭黑毛小狗跟隨，並沒有甚麼其他奇異獸類啊。」

「嘿，黑色小狗。百分百是他們了。」我冷笑一聲。

「老大，他們是誰？」富熤問道。

「就是先前跟你提及過那殲魔協會的人。這三人一犬，正是組識中四名最厲害的魔鬼，統稱『目將』。」我閉目冷冷的道：「那馬尾男，其實就是西遊記裡的二郎神楊戩。」

「二……二郎神！」富燈驚呼一聲。

「嘿，另外二人的身分會更讓你驚訝。」我冷然笑道：「歪髻漢是西楚霸王項羽，剩下一人就是日本其中一位名留武史的劍豪，宮本武藏。」

這一次富燈已沒再呼叫，我知道這是因為他已被幾人的來歷，嚇得說不出話來。

「我叫你裝作看電視，是因為楊戩的『千里之瞳』，能同時觀看一定範圍裡的動物視覺，如果你看到我們，便會立時曝露了我們所在。」我沉聲說道：「我和瑪利亞現在都閉上眼睛，就是不希望他發現我們正藏身如此。」

「那接下來該怎麼辦？」富燈問道。

「等。我只能希望他並未從眾多視覺之中找到我們。」我閉著眼道，沉吟道：「只是，我很奇怪他們怎麼會找到這兒來？」

聽到我的話，富燈忽然焦急的道：「我可沒出賣你啊！」

「我不是這個意思。」我笑道：「如果真的是你供出來，他們怎會到現在還在街上呢？」

「你願意相信我就好了。」廳中的富燈呼出一口氣。

不過，我仍然對楊戩他們三人在市上出現，感到十分疑惑。

經過昨天一役，塞伯拉斯的表現令我肯定殲魔協會已和撒旦教聯手奉龐拿為主，而四位目將同時現身，目的也只有兩個。

其一，就是尋找失蹤了的撒旦教主；其二，就是搜捕我。

如果目標是撒旦教主，搜索規模定必比現在龐大數倍，那麼唯一可能，就是他們想把我揪出來。

只是，我一時卻想不明白，他們是用甚麼法子，得知我藏身這兒。

嘯天有著極佳嗅覺，但在青木原上富燈的車之前，我便先用車上的水，洗走我和瑪利亞身上氣味，照理說牠的鼻子再厲害，也不可能追蹤至此。

再說，我現在不能打開魔瞳，一路上沒有散發魔氣，他們自然也不能利用魔氣追蹤儀器尋上。

「你有沒有看到那俊俏的，額頭上長了一隻眼睛？」我想了想，問道。

「沒有啊，他的額頭正常得很，不然我早猜到他是二郎神了。」富燈說道。

富燈的答案讓我微感意外，因為那意味楊戩沒有打開「千里之瞳」，但謹慎起見，我還是和瑪利亞繼續閉著眼睛。

我本來對四名目將沒有太大敵意，但他們身在殲魔協會，我亦只能視他們為敵人。

不過，此刻沒了「鏡花之瞳」，我身體只比凡人稍強，與他們硬碰的話，必死無疑。

無奈之下，我唯有繼續閉上雙眼，暫作迴避。

正當我在思索如何能安全逃離此地時，忽然有一隻柔軟的手抓住了我的衣角。

「瑪利亞，怎麼了？」我雙眼雖閉，卻感受到她手正在輕輕顫抖。

「我很害怕……」瑪利亞語氣帶著懼意，「閉著眼時，只有漆黑一片，使我便不期然回想起在『約櫃』裡的情況……」

我聽得出她實在非常害怕，便伸手握住她的手，柔聲道：「別怕，有我在。」

聽到我的話，瑪利亞果真稍微鎮定下來。

只是，身體還是不時傳來一下驚悸的抖震。

在二人都闔眼的這段期間，我不斷找話題，試圖分散瑪利亞的注意力。

我描述了許多現代事物，這些對瑪利亞來說新奇得很，使她聽起上來份外專注；我又問了她一些問題，希望能助她回復記憶，可惜全都徒勞無功。

不過，如此聊著，瑪利亞總算沒那麼害怕。

數小時過去，外頭依舊沒有任何異樣，也不知目將們是否已經離開。

這段期間，我吩咐富熞在露台抽菸時，留意一下附近街道情況，但他說那三人一獸，再沒出現。

時值晚深，四周幽暗無光，我讓富燈不要亮起屋內的燈，只打開電視機，然後閉眼小心翼翼地把早前買回來的食物放在電視茶几，再慢慢走來書房。

至於我和瑪利亞，則閉著眼來到客廳，又憑著記憶，稍微改變室中佈置，才睜開眼來。

不過，我們二人的目光只是注視在食物上，絲毫不敢看到對方。

「我們現在安全了嗎？」瑪利亞在我身旁，一邊小口咀嚼著飯團，一邊柔聲問道。

「敵人似乎不在附近，不過無論如何，我們也是要小心為上。」我咬了一口麵包，眼角餘光瞥了電視旁邊的一個小魚缸。

小魚缸內，養著數尾金魚，此刻悠然自得地暢游。

我雖不能完全確定楊戩有沒有打開「千里之瞳」，但憑這幾尾金魚，我還能勉強知道他們不在附近，因為先前楊戩他們身上散發的氣勢，使金魚們都嚇得驚慌亂衝，而此刻金魚們游得自在，尚能當作平安的象徵。

看了看牆上掛鐘，還有三個小時，莫夫才會打開耳印。

「這段時間，實在不容有失。」我吸了口橙汁，小聲喃喃。

也許是被困太久，瑪利亞此時注意力全都放在桌上食物。

看到她忙於填飽肚子，我便取過遙控器，隨意切換電視頻道。

不過，當我將頻道切換到大廈升降機內的閉路電視影像時，魚缸中的金魚，忽然再次異常亂竄。

我的精神，也一下子繃緊起來。

只因升降機內，此刻站有三人，兩女一男。

這三人我曾在青木原地下基地見過，卻是「七罪」中的其中三人！

第五十三章——置之死地

第五十三章　置之死地

「諾，怎麼了？」瑪利亞察覺到我的異樣，小聲問道：「敵人來了嗎？」

「這小箱子裡的畫面，其實反映著這三人正朝我們這邊來。」我深呼吸一下後，冷笑一聲，「而這三人不單是敵人，還是我的仇人！」

「仇人？」瑪利亞不解。

「他們害死我最要好的同伴。」我瞪著電視，冷冷的道。

瑪利亞感受到我話中恨意，怯怯的問道：「你打算對付他們？」

「不錯！」我看著電視中的三人，冷笑一聲，心思同時快速飛轉。

薩麥爾手下「七罪」共有七人，我先前遇過程若辰、帕爾修斯、李鴻威及神秘男子「傲」，而此刻乘升降機上來的，恰好是另外不認識的三人。

這兩女一男的組合之中，只見兩名女的，一東一西，外表頗為極端。

東方女子身材玲瓏，樣貌醜陋之極，眼神卻帶有過人自信；另一名西方白人女人子瘦削高挑，秀麗的臉蛋帶有高貴之氣，但雙眼半開半闔，疲態十足。

剩下的男人也是名白人，滿臉鬍子，容貌蒼老，身材又矮又瘦，看上去弱不禁風。

有別於楊戩四人，三罪本身隸屬撒旦教，亦因他們出手才會令拉哈伯逃走不成，最終被龐拿變成一具殺戮異獸。

我現在雖使用不了魔瞳，但拉哈伯的死狀浮現腦中，驅使著我要發洩心中滔天仇意！

再說，三罪和目將同時出現，絕非巧合，唯一解釋就是他們得到共同線索，正在這市上搜索，而三罪突然在大廈現身，便可以肯定他們的目標就是我。

既然他們有方法尋上我，那麼我再拼命逃走亦難以逃得過七名魔鬼的圍捕，倒不如先發制人，說不定還有一線生機。

心裡有了決定，我便暫時不再逃避楊戩的「千里之瞳」，直接看著房門喊道：「富煋，快點出來，敵人到了！」

富煋聞言，狼狽地走出來，雙眼依舊緊閉的追問道：「老大，甚麼敵人？」

「有敵人正乘升降機上來，你也不用再閉目了。」我邊檢查先前從殺神小隊中搶來的裝備，邊問道：「這一層總共住了多少人？」

「共有四戶，除了我和對面那單位都是獨身，另外兩戶人家分別是一對新婚夫妻以及一戶三口子的家庭。」富煋問道：「老大，你想幹甚麼？」

我正想回答時，電視畫面忽有異樣，卻是那男子還未來到我們所在樓層，便突然離開升降機。

「難道他們的目標不是我？」我皺眉暗想。

升降機接著又再上昇數層樓後，那沒精打采的白人女子又走出升降機。

我心念一轉，頓時醒悟，他們的目標仍然是我，只是他們知道我身處這座大廈，卻不知道我的確切位置！

「他們似乎利用某種魔瞳異能找出我藏身之所，但那能力只能指示一個大概，而且不可連續使用，不然他們三人不用分開行動。不過，三人分開，我便更易下手！」我心中暗喜，同時向富燈和瑪利亞二人，言簡意賅地解釋我的計劃。

瑪利亞聽罷，臉色立時蒼白起來，神情不忍，富燈則憂心問道：「這方法真的可行？」

「這是我唯一想到的辦法。」我坦承道：「成功機會的確不是那麼高。」

「那我會死嗎？」富燈又問。

「你怕死？」我笑問。

「誰不怕死。？」富燈握了握拳頭，聲音微顫卻又語帶興奮的笑道：「不過相比起死亡，我更怕錯過了親歷這一切！」

當我們匆匆部署妥當時，載著最後一名魔鬼的升降機，剛好來到我們這一層。

叮。

升降機門應聲徐徐打開，醜女子想要走出升降機，不過卻首先觸動到我們早已預備的「禮物」。

升降機門打開時，勾動到鐵門兩角、一對早已鬆開保險絲的手榴彈，引發兩記震動整棟大廈的巨爆！

轟！轟！

手榴彈爆出來的風與火，瞬間將升降機的鋼纜熔斷，使數百斤重的升降機廂立時以極速急墜！為了閃避爆風，醜女早已矮下身子前衝，但她的人才跨過鐵門一半，升降機便已開始下墜。眼看要被升降機切成兩半，忽聽得她嬌叱一聲，然後濃煙中紅光一現，醜女身法猛地提升，竟已逃出機廂之外！

砰！砰！

又是兩聲巨響，不過這次響聲離我們所在層數甚遠，卻是升降機廂和平衡鐵塊墮落到機槽最底層時產生的爆炸聲。

巨響在短時間內連環發生，不過醜女才站起來，她面前又有兩記「啪啪」聲。

這一次的響聲並不震耳，因為那不過是走廊盡頭的防煙木門關門聲。

如無意外，醜女應留意到在兩扇木門關上前，都各自閃過一道人影，而此刻兩扇防煙門後，都傳來急促零碎的腳步聲。

「嘻嘻，畢永諾，你安排了那麼多驚喜迎接奴家，真是令人意外！」醜女抿嘴笑道：「但不知你想使的計，是聲東擊西，還是調虎離山呢？」

醜女沒有追趕從防煙門逃走的二人，只是依舊站在升降機槽焦黑的門前。

火焰在機槽中不斷燃燒，濃煙緩緩地佔據著走郎的每一角，越積越多，教人難以視物。

我原本安排了這層的住戶，統統站在升降機的門前，試圖阻止醜女走出來，但那些住客由於和手榴彈相距太近，全都被炸出數米開外，無一生還。

走廊雖長但並不寬敞，因此住客的屍首恰好分散在走廊兩旁，堆成兩座小屍丘。

四周忽然之間，只剩下機槽中的燃燒聲音，以及防煙門後、越來越遠的腳步聲。

醜女依然沒有追上去的念頭，她只是輕輕踱步，走到兩座小屍山之間。

「畢永諾，你怎麼不直接跳出來，明刀明槍的對付奴家？難不成，你的魔瞳出了甚麼狀況？」

醜女顧視左右兩邊的屍山，又是一陣清脆悅耳的笑聲：「不用再故弄玄虛了！奴家知你沒有逃走，此刻還在這兒。」

「奴家雖然不才，但這種雕蟲小技休能瞞過奴家！」醜女指了指自己那雙頗大的招風耳，「這種距離，你應該知道奴家用不著催動魔氣，也能聽到這兩座小屍山中，傳來心跳聲啊！」

走廊上，迴盪的依舊只有火焰燒物的「啪啪」聲，但醜女耳中卻多聽到兩道心跳。

「真可惜奴家的手不夠長，不能同時抽你們二人出來，更可惜薩麥爾大人下了命令要留活口，不然奴家早就將這座大廈，夷為平地。」醜女閉上眼，手掌放在耳背，裝模作樣的聽了片刻，故作認真地分析道：「嗯……左邊的心跳急促凌亂，右邊的悠長平穩，聽起來藏在左邊的只是名普通人，右邊才是畢永諾你。」

醜女走近右邊的小屍山，想要把手伸進屍堆之中，幾要觸及屍體時，又忽然停止動作。

「嗯，但這會否是你設下的陷阱呢？你明知兩道心跳，速度快慢分明，奴家絕對分辨出來，可是你沒弄暈心跳快亂的那人，使兩道心跳速率變得相近，卻故意保持這種差異，難道，是希望奴家挑上右邊的人？」醜女歡愉地笑起來，樣子醜陋得令人作嘔，「如此推想，右邊等著奴家的，是炸彈之類的陷阱吧？那麼細想下來，你其實是藏在左邊的屍堆之中哦！」

醜女一邊嬌笑，一邊從右邊的屍山走到左邊。

又一次伸手，但醜女的手再次在快要碰到屍體前停下。

「嘻嘻，可惜你太急切替拉哈伯報仇，太恨奴家這個幫凶了。」

醜女忽然回首，看著右邊的屍堆，嬌笑道：「就在奴家踏進這一層，手榴彈未爆炸之前，你不自覺的洩露了一絲殺氣啊！」

一語未休，醜女身影突然一閃，衝回右邊小屍山前，然後玉手成箕，以迅雷之速插進屍堆之中，抽出一個人來！

醜女手法精準，玉手所捏拿之處，正好是咽喉，教那人動彈不得。

走廊天花的燈泡早在先前爆炸中被震碎，加上此刻濃煙密佈，視線難展，醜女不得不把那人提近一點，好讓自己能夠看清楚其面貌。

不過，當醜女看清手中人的樣子時，一直掛在那副醜陋臉孔的笑容便在瞬那間凝住。

因為醜女所抓住的人，雖有心跳，也是名男子，但此人卻是富燦！

「你……你這傢伙是誰！」醜女看著富燦，難以置信的尖叫。

本來以富燦的性格及現在束手被擒的情況，他應該會立時滔滔不絕的自我介紹起來，但這一次，他沒有回答醜女的話。

「你再問多少遍，他也不會回答你的。」我從屍堆中慢慢爬出來，朝醜女冷笑道：「正如你先前所猜測，為了令他心跳平穩，我早已把他打暈。」

醜女看著我突然出現，驚訝萬分，可是她沒有移動半分，因為早在她發現我前，一柄填滿銀彈的手槍已經瞄準她的頭顱。

身為撒旦教一員的她自然知道，我手中的槍，是神殺小隊的裝備之一，射速之快，連魔鬼也要忌憚。

「你怎麼可能會藏在屍堆之中？明明奴家只聽到一道心跳！」醜女凝視著我，一臉驚奇的呼道：「不……這怎麼可能！你……你竟然沒有心跳！」

「不錯，我的確沒了心跳，因為我把自己的心臟刺穿了。」我指著血紅一片的左邊胸膛，冷笑道：「不先置之死地，又怎能引你上當呢？」

早在升降機到達前，我便弄暈富燡，然後將他放在走廊的右邊，又讓瑪利亞躺在他的對面。我讓瑪利亞閉上雙眼，怕黑的她因緊張而心跳加速，反觀富燡因為昏迷，心跳平穩如常。至於我自己，則先用刀子刺破心臟，然後才和富燡藏在一起。

雖然自刺心臟聽起來很瘋狂，不過沒了心臟提供血液，一般人的身體其實還能活動差不多五分鐘。

我算好時間，加上瑪利亞神奇的治療能力，只要不發生意外，其實並不危險。

至於我強逼這一層住客，塞在升降機門口，真正目的並非阻止醜女走出來，而是要令他們被兩枚手榴彈炸飛，然後掩護我們三人。

不過，更重要的目的，是我想讓屍體散發的血腥味，掩蓋我胸前傷口的氣味，讓醜女誤以為我是屍堆中的其中一具死屍。

就像醜女先前所推測那般，我是故意暴露瑪利亞和富燡二人的心跳聲，目的是分散一下她的注意力，同時讓她產生「這層只剩兩名活人」的假象。

那樣當我再次出現，便能大收出奇不意之效。

至於她在走出升降機時所感應到的一絲殺氣，自然是我故意而為，讓她最終決定揪出富燈，大吃一驚。

這時，左邊屍堆有些騷動，一人撥開屍體爬了出來，神情驚慌，正是瑪利亞。

瑪利亞驚魂稍定，連忙走到我身旁，然後伸手按住我的左胸，皺眉用功。

一股暖意流過，我只感胸口的痛楚越來越微，就在完全消失的一刹那，砰砰聲的心跳，再次在我體內響起。

「你沒事吧？」瑪利亞憂心問道。

「放心，性命還在。」我笑道，視線卻沒有從醜女驚訝的臉孔上移走。

我的話才說完，遠處忽然又響起兩下沉沉的聲響。

這兩道聲響其實是爆炸聲，而炸彈的位置就是剛才從防煙門，逃走到下層的那兩個人身上。

那二人其實是住在這層的小夫妻。我故意放走二人，讓他們從防煙門離開，除了想擾亂醜女的視線，其實是希望他們能帶著我預先收藏在他倆身上的炸彈，去到下層，在爆炸時引起另外兩「罪」的注意，讓我爭取更多時間。

「好了，請告訴我，你是『慵』、『饞』、『妒』中的哪一位？」我冷笑一聲，把手槍向她的太陽穴推了推，「還有，你們三人的魔瞳異能都給我說來聽聽。」

醜女不再驚訝，臉上回復笑意：「若然奴家不說呢？難不成，你會殺了奴家？」

「不管你說不說，我都會殺了你。」我瞪著她冷笑道。

「真兇！好吧，奴家就告訴你。」醜女故作嬌嗔，道：「奴家乃薩麥爾大人旗下的『妒』。」

「『妒』？」我問道：「那麼另外一男一女，誰是『慵』？誰是『饞』？」

「嘻，那女人就是懶得像豬的『慵』。」醜女把富煋輕輕放回地上，笑道：「那男的自然就是『饞』了。」

「那麼你們三人各自擁有甚麼魔瞳？」

「哎呀，這一點真的恕奴家無能為力了，如果把他們二人的魔瞳供出來，就算你不殺奴家，奴家也會被他倆活活打死。不過嘛，奴家可以告訴你奴家的魔瞳異能。」醜女抿嘴一笑，道：「奴家的魔瞳，叫作『笑笑之瞳』。」

「『笑笑之瞳』？很古怪的名字。」我皺眉說道。醜女的合作讓我有點意想不到，不過我還是連忙讓她說出來。

「嘻，奴家知道這魔瞳名字很奇怪，而且也不算厲害。不過它助奴家多次逢凶化吉。」醜女嬌笑一聲，看著我道：「這一次也不例外！」

醜女說罷，忽然伸手想撥開我的槍！

我早提防她會反抗，因此在她手略有動作時，我便毫不猶豫，扣下手槍機板。

可是不知怎地，我的手指才剛碰到機板的金屬，便不能再壓下去！

子彈發射不了，醜女身形一閃，已然退到走廊盡頭，好整以暇，抿嘴而笑的看著我們。

卻見她抿嘴的左手手背上，紅光閃現，竟有一隻魔瞳長在其上！

我連忙把瑪利亞拉到身後，嘗試再朝醜女開槍，可是無論我怎樣按壓，手指碰到機板，便會忽然無力起來。

「嘻嘻，你不是很想知道奴家的魔瞳異能嗎？」醜女露出一副令人嘔心的笑意，道：「『笑笑之瞳』的效果，就是當奴家一笑，任何人都不能作出傷害奴家的舉動哦！」

我聞言一驚，同時心中一動，握槍的手稍移，想射爆醜女身旁不遠處的滅火筒，可是竟然落得同一結果，手指在最後關頭仍是按不下去！

「別白費心機了，無論你想直接還是間接攻擊奴家，都是沒可能成功的！」醜女笑道。

「該死！」我心中暗罵一聲。想不到千計算萬計算，最終竟遇上一個擁有如此奇特異能的魔瞳！

正當我在急思對策時，我留意到躺在地上的富燈，本來樣子安祥，但突然皺起眉頭，微現痛苦之色。

我立時明白，醜女正在提升魔氣，通知同伴趕來，而富燈因為本能反應，才會露出如此痛苦的表情。

「嘻，終於發現了？」醜女看著我，笑道：「不過一切已然太遲，他們正朝這邊趕來了！」

我一邊瞪視醜女，心中卻是焦急如焚。

此刻我使用不了魔瞳，瑪利亞又不擅戰鬥，如果另外二「罪」都來到的話，那麼我們真的九死一生！

「畢永諾，奴家勸你別再作無謂掙扎了。」醜女笑道：「雖不知是甚麼原因，但奴家知道你此刻用不了魔瞳。」

「你怎知道我是用不了，而非故意不用？」我冷笑一聲，道：「說不定，這是我的計劃之一呢？」

「嘻，奴家見識過你剛才的手段，也確是有點怕了你再耍甚麼花招。」醜女笑道：「不過，就算你有『鏡花之瞳』，也難以一敵三！」

我冷哼一聲，沒再說話。瑪利亞雖然一直不明白我倆間的對話，但看到我神色越來越凝重，心知不妙，忍不住握住我的手，稍微靠近。

其實在和醜女東拉西扯的期間，我曾經嘗試過其他方法，像投刀之類來攻擊她，可是每次當我抓住藏在衣服間的武器時，我的手便會突然不聽使喚。

多番嘗試之下，現在我只找到一個方法，能讓我握住武器，手卻又能動。

那就是當我握住手榴彈，但心中只想著原地引爆的時候。

也許，這是因為我和她的距離夠遠，爆炸不會傷害到她。

我們三人身後，正是這樓層其中一個單位，而單位的大門早已被我打開。如果我行動夠快的話，應該能夠拉開手榴彈的保險絲後，帶著瑪利亞走進單位最盡頭的房間，然後讓手榴彈的爆炸稍微阻擋醜女，我們二人再伺機從窗子逃走。

我們現在身處十層樓高，不過以我的技術，帶著一人跳下雖會身受重傷，但該不致死，那時就可以利用瑪利亞的治療能力回復原狀。

不過，在我想到此計，正打算偷偷告訴瑪利亞時，我已經聽到身旁兩道防煙門後，各自傳來急促的腳步聲，而眼前的醜女，雙眼閃過一絲異樣。

「畢永諾，雖然不知道你心中盤算甚麼，但奴家畢竟也是女人。」醜女看著我，笑道：「奴家的第六感覺得，你正想著如何從身後的單位逃走啊！」

「嘿，我沒想過要逃，我只是想著如何替拉哈伯報仇。」我自若的笑道，心下暗叫不妙。

「嘻，真的如此嗎？那麼奴家就儘管成全你吧！」醜女一邊笑說，一邊慢慢朝我們進逼：「對了，你不是一直都希望多瞭解奴家一些嗎？不如就告訴你奴家的本名吧。」

「我對你的本名沒甚麼興趣。」我皺眉說道，手同時暗暗握住衣服底的手榴彈。

「不，你會有的。」醜女一步一步走近，「因為奴家的本名，你一定聽過。」

「我聽過你的名字？」我疑惑的道。

「因為奴家，本名東施！」

醜女笑罷，忽然拔足朝我奔來！

「東施？」我見她忽然提高身法，心中一驚，立時顧不得會被手榴彈的威力波及，連忙想拔出保險絲，可是我的手指在勾住鐵環時，竟再一次失靈！

我知道，這是因為東施走近，令我明白這時引爆定會傷害到她，因此才會被「笑笑之瞳」所影響！

眼看東施的醜臉越來越接近，我便知道逃走的機會越來越渺茫。

我不知道龐拿和薩麥爾會如何對付我，但以薩麥爾先前看到瑪利亞時的反應，我知道她落在撒旦教手中，必死無疑！

我心裡萬般不甘，因為本來可以稍稍替拉哈伯報仇，現在竟淪落到自己也身陷險境！

我很不想就此被抓，更不想瑪利亞在我眼前被抓。

要不是我的魔瞳失靈，我絕對能帶著瑪利亞安然逃去！

但偏偏，現在我沒了魔瞳，只是名普通人，只是名甚麼也不是的普通人！

成魔四年，這次是自我認識拉哈伯的那一天後，再次感覺到魔瞳的重要。

頭一趟，我是如此渴望力量。

我不希望重蹈覆轍。

我不希望再一次看到對我有意義的人，在我面前受到傷害。

時間似乎變得很慢，但在我思緒飛轉間，東施幾乎已跑到我的面前。

我懷中的保險絲依舊沒能拉開，東施的手卻快已抓住我。

我心裡絕望，幾乎要閉目待斃。

不過，那只是幾乎。

因為在我快要放棄的時候，我聽到背後忽響起玻璃窗被撞破的聲音，接著東施突然退後數米。

然後，她原本所站的位置上，突然多了數道焦黑的子彈洞孔！

「小諾，快進來！」

一道熟悉的聲音再我身後響起。

我聞言回頭，只見單位最盡頭的房間，正有一名身穿純黑戰術服的男人，雙手持著一對奇怪的手槍，朝我們衝來。

男人一臉精明幹練，一頭清爽短髮，竟是子誠！

子誠突然出現讓我意外萬分，我原本以為他和師父還匿藏在埃及某處，怎料此刻竟現身日本！

聽到他的話，我沒有絲毫猶豫，立時一手拉住瑪利亞，另一手拉住富煋，倒退進單位去。

一股勁風再我頭頂略過，只見子誠已經躍到我們三人面前，雙槍平舉，小心翼翼的提防著東施。

不見多天，子誠的身法和槍法都似乎大有進步，看來在師父親手傳授下，他定必下了不少苦功。

「怎麼你可以開槍射奴家的？」東施難以置信的驚呼：「奴家明明已打開了『笑笑之瞳』，你該沒可能傷害奴家！」

「雖然我不知道你的『笑笑之瞳』有甚麼功效，但我由始至終都沒想過要傷害你。」子誠手中雙槍瞄準東施，沉聲說道：「我只想保護我的同伴！」

東施冷哼一聲，手上魔瞳妖紅閃爍，再次朝我們衝來！

「快站到窗邊，讓月光照著你們！」子誠回頭朝我們大喊。

子誠一邊呼喊，一邊朝東施不停開火。

也許子誠真的沒有傷她之心，因此攻擊不受「笑笑之瞳」所影響，可是亦因為這個原因，他的子彈落點總是偏離東施。

這樣一來，東施行動雖然稍微受阻，但還是向我們步步進逼。

雖不明白子誠用意，不過我還是依言走到窗邊，讓月光照著。

今夜天空，萬里無雲，星稀月圓，銀藍色的月光格外明亮，教我們身在屋內，地上也映出影子。

影子？

當我心中閃過一個念頭，似乎想到甚麼之際，我只覺眼前一黑，呼吸稍頓，再次回復視覺之時，我已然不再在單位之內！

我環顧四周，只見自己不知怎地，竟已身處另一棟大廈的天台之上。

我認得這裡是距離富燈住所，數百米開外的另一座高樓住宅，不過此刻最令我意想不到的，不是我所在的位置，而是站在我面前的四個人。

正確來說，是三人一犬。

「小子，沒見數天，怎麼變得如此不堪一擊了？」束了馬尾，穿著整齊黑色西裝的楊戩看著我笑道：「連區區一個『罪』也弄得如此狼狽，你這撒旦轉世，未必有點弱吧！」

換了一身現代裝束的他，沒了原先那種古代氣息，卻更加突出他英俊的外貌。

我沒有答話，卻謹慎戒備起來，因為我不知這四名殲魔協會的目將，是敵是友。

「放心，咱們不是敵人，先前和撒旦教停火不戰，只是權宜之計。」在我身前蹲著的西楚霸王項羽，背向著我，沉聲笑道：「你先退後一點，讓項某把你同伴也拉過來！」

聽到項羽如此說道，我心裡疑惑稍減，便即退後數步，不再踏在他的影子之上。

接下來，項羽他輕喝一聲，同時伸手朝自己的影子撈去。

卻見他輕喝之後，他的影子便突起變化，像是變了一潭小湖，他那粗大的手掌伸進「影湖」之內，瞬間抽回，手中已抓住一人。

如此一喝一抓，連續三次，不過在彈指之間，項羽已經分別把瑪利亞、富燈和子誠都拉到我的面前。

看到子誠，我連忙追問：「究竟發生甚麼事情？你怎會和他們在一起？師父呢？」

「這些問題，離開再說吧。」子誠正要回答時，楊戩忽然截住他的話，跟我道：「我們還未完全安全啊！」

說罷，只見他往街上一指。

我站到天台邊緣，低頭一看，只見我們身處的大廈周遭，竟被數以百計的殺神小隊，團團圍住！

我一直吩咐富燈留意街上情況，若然有如此大規模的武裝分子在街上聚集，他定然察覺，因此我一時難以理解，這些戰士怎會無聲無息地出現。

「怎麼樣？」一直默不作聲的宮本武藏終於開腔：「留下一戰，或是就此離去？」

「義父要我們速戰速回，不過空手而回，我們面上無光，還是帶點戰利品走吧！」楊戩說罷，忽然朝項羽一笑：「羽，把那醜女拉過來！」

我想起「笑笑之瞳」的功效，立時出言阻止。

楊戩聽到我的話後，思索片刻，便即回復笑容，道：「小小把戲，我們殲魔目將，還是能夠搞得定！」

接著，只見楊戩和武藏項羽二人打了個眼色後，項羽又是一聲輕叱，已經把東施撈了過來！

突然換了場景，被數名敵人團團圍住，東施臉笑容依舊，但也不知她真的是天不怕地不怕，還是要強顏歡笑來維持「笑笑之瞳」的能力。

「嘻，人家說好男不與女鬥，你們不嫌丟人，現在還以多欺少呢！」東施再次抿嘴而笑。

「我們人多，但可是沒一個能對你下手，怎算欺負你呢？」項羽豪邁地放聲大笑。

「項霸王原來在此，枉薩麥爾大人對你慧眼有加，打算讓你成為『七罪』之一，怎料你原來是殲魔協會的臥底，真是令人失望啊！」東施看著項羽笑道。

「嘿，項某真的要讓他失望了，項某不單背叛了他，今天還要除掉他一名得力手下！」項羽冷哼一聲，不再理會她，轉頭跟宮本武藏說道：「動手吧！」

宮本武藏「嗯」了一聲，一步一步的走向東施。

一直故作鎮定的東施，眼神終於閃過一絲驚懼，但見她臉上笑容不減，道：「你……你想怎樣？你要知道，無論你想怎傷害奴家，在『笑笑之瞳』的功效下，也是白費！」

「在下知道。」

宮本武藏沉聲說著，渾身氣勢瞬間暴增，原本深棕色的左眼眼瞳，一下子染得鮮紅！

「所以在下只是想跟姑娘來一場賭局。」

一語未休，宮本武藏身影一閃，已然來到東施眼前，和她對視！

東施大吃一驚，想要轉身，可是腳才稍動，便忽然止住，然後整個人如著魔般一動也不動，和同樣靜止了的宮本，相對而立，四目互瞪。

看著二人忽如石像般紋風不動，我猛地醒起和他們攻進青木原基地時，武藏和薩麥爾交手時，亦出現過一模一樣的情況！

「這是武藏『博奕之瞳』的能力，現在他們二人對外界皆不聞不見。」

楊戩一邊說道，一邊把他身旁的大提琴箱打開。

如我先前所料，箱內放著的，並非樂器，而是他的三尖兩刃刀。

「來，把宮本的左手手掌切下。」楊戩笑道，把刀遞了給我。

「把他的手掌切下？」我接過武器，疑惑問道。

「不錯。」楊戩笑道，似乎覺得切下武藏的手並不是甚麼壞事。

我雖然心中不解，但知道楊戩如此吩咐，必有深意，舉刀便往武藏的左掌一斬。

刀光閃過，血氣紛現，我低頭一看，卻見地板之上，竟然躺了兩隻手掌！

只見一隻手掌的皮膚粗糙如麻，自然是武藏被我斬下的手；另一隻卻是纖細白滑，竟是東施的左手！

我留意到東施左手的切口，和武藏的一模一樣，心中像是明白了甚麼。

「戰利品到手。」楊戩俯身拾起那安上魔瞳的斷掌，然後朝嘯天犬道：「該走了。」

身體變得像小狗大小的嘯天犬一直乖巧地躺在楊戩身旁，聽到他的話後，突然仰天吠了一聲。

接著，只見嘯天黑毛茸茸的臉上妖紅顯現，身體同時開始巨大化！

當嘯天犬開始變大時，一直靜止對視的二人突然都動了，不過武藏只不過是扭動脖頸，舒展筋骨，無故斷掌的東施卻是痛呼一聲，然後頹然倒在地上！

「怎麼可能……你們怎麼可能傷得到奴家！」東施看著血流如注的斷腕，神態顛狂的叫道。

沒了魔瞳的她一時接受不了自己失去魔瞳，變回凡人，雖身陷敵陣，卻一直大呼小叫，刺耳之極。

不過，那擾人的尖叫聲沒有維持多久便停了下來。

因為，東施的頭顱落得和她左掌一樣的命運。

沒了「笑笑之瞳」，宮本武藏的武士刀自然能如常揮下去。

「薩麥爾的『七罪』，又少一名了。」項羽扯住東施的長髮，提起那醜陋且死不瞑目的斷頭。

「起行吧，不然待會兒那些傢伙都爬上來，咱們就得多費功夫才能離去。」楊戩一邊說，一邊提刀躍上已變成三層樓高的嘯天背上。

我留神一聽，果真聽到數之不盡的腳步聲正在我們底下響起，不過片刻，殺神小隊就會殺至。

眾人七手八腳地跳上嘯天的背後，牠便用黑毛將我們牢牢縛好，然後低沉地吠叫一聲。

接著，我只聽到一陣崩塌聲在底下響起，然後感到身上重力暴增，卻是嘯天發力，躍到天際之中！

半空之中，我低頭一看，只見原本所在的大廈已經被嘯天跳躍產生的巨力壓塌，變成無數碎瓦破石，那數以百計的殺神戰士，自然統統葬身其中。

「二郎神，究竟現在殲魔協會和撒旦教的關係是怎樣了？」狂風之下，我忍不住大聲向坐在最前的楊戩問道：「怎麼你們一時是敵，一時是友，現在又互相對立了？」

「嘿，小子，我們的名字叫殲魔協會。這『殲魔』二字的立場，從來沒變。」楊戩回頭看著我，聲音響亮地笑道：「就在今天，我們已向撒旦教宣戰，發動『新世紀獵巫行動』了！」

第五十四章

廟中一談

第五十四章 廟中一談

碰！

劇烈的搖晃伴隨巨響，告示著嘯天已經著陸在一座山頭上。

但見我們所處地勢甚高，遠遠看去盡是山丘林木，差不多十多里外才能看到少許稀疏燈火。

我們此刻所在山頭，遍地枯木殘枝，面前卻有一座古舊建築，正是我先前來過的那座古廟。

依舊是月圓夜，依舊是這古廟，但這次我們的陣容已有所不同，煙兒不在，拉哈伯更是永遠不會回來。

想念及此，我心中又是一陣黯然神傷，隨即微帶怒氣地向楊戩問道：「已來到安全地，現在也該告訴我，究竟你們和撒旦教發生甚麼一回事吧？」

「稍安勿躁。」楊戩緩緩走向古廟，一邊笑道：「後生小子，耐性真差。」

「對，我就是沒耐性，因為我完全看不透你們在幹甚麼！」我跳下嘯天，沉聲說道：「拉哈伯死了！被我殺死了！但他的死和你們脫不了關係！要不是你們在第一次入侵時突然倒戈，拉哈伯怎會被撒旦教擒下？要不是你們會長袖手旁觀，也許拉哈伯就不用……不用被我殺死了……」

原本還是滿腔怒火，只是當說到最後一句，我也忍不住頹然泄氣，跪倒地上。

因為我心裡清楚，縱使殲魔協會和拉哈伯的死有關，他的死，我卻要負上最大責任。

「小諾，你說……拉哈伯已經死了？」走在前頭的子誠聞言，立時回頭驚訝的道：「到底發甚麼事了？」

「他被薩麥爾洗腦，又被撒旦教主利用『傀儡之瞳』控制來攻擊我。」我頹喪的道：「我逼於無奈，才會出手……」

身旁的瑪利亞雖聽不懂我的話，但似是感受到我話中痛苦，便溫柔地拍了拍我的肩。

子誠走到我面前，出言安慰道：「我相信你只是身不由己，當時情況要不是到了最壞的地步，你也不會下手。」

「謝謝你，子誠。」我看著他，由衷的道。

早已站在古廟大門前的楊戩，忽然問道：「小子，你認識拉哈伯多久了？」

「四年。」我頓了頓，答道。

「那麼你知道我義父和他認識多少年嗎？」楊戩又問道。

「不知道。」我搖搖頭。

「我也不知道。」楊戩笑了笑道：「因為他們自創世以來，已經是好朋友了。」

「你這是甚麼意思？」

「我的意思是，你因拉哈伯的死而心痛，但義父只會比你更加痛惜，更加自責！」楊戩正容問道：「畢永諾，你難道不想替拉哈伯報仇嗎？」

「我怎會不想？」我沉聲怒道。

「既然你想報仇，難道跪在那兒便可成事？難道你一直垂頭喪氣，薩麥爾和撒旦教主就會跑到你面前，任憑宰割？」楊戩語氣忽然變得嚴厲，瞪著我喝道：「我們現在已和撒旦教開戰了，一分一秒也不能浪費啊！你今夜已差點死在東施手上，你要記住她只是薩麥爾其中一個手下！你還不積極起來，只是一臉頹廢，怎替拉哈伯報仇！」

我呆在原地，一時間不知該說甚麼。

其實楊戩的道理很簡單，我心中也明白，但明白和接受是兩回事。

雖然半年前我錯手殺死師父，可是那次是場意外，這次我卻是為了保命而主動變身，殺死拉哈伯。

有意下手殺死同伴，比無意錯殺師父，令我內心痛苦百倍。

不過，楊戩的話雖說不上是當頭捧喝，但多少也把我罵醒了點。

「你說得對，我沒有頹廢的功夫，也沒有沮喪的資格。」我站了起來，拍拍身上灰塵，「進去吧！」

楊戩眼神略帶讚賞地看了我一眼後，便輕喝一聲，伸手推動那重達千斤的大門。

大門甫開，我便感到一股澎湃無比的魔氣從內裡湧出，打開不了魔瞳的我，竟被這股氣勢震攝得幾乎站立不穩！

瑪利亞也是臉色一變，可是嬌滴滴的她卻沒被魔氣所壓，竟尚能安然走進廟堂內；反觀富煋，因為只是凡人之身，早已本能地懼怕得身體顫抖不已，幸好有子誠在旁扶著，才不致倒下。

我穩定心神，調整氣息，稍微適應那股魔氣，便隨著眾人，緩緩走進古廟之中。

廟堂燈火微弱，走進去後，只見正中央坐了一人。

正確點說，是半個人，而且是「躺」非「坐」，因為腰間以下全沒的塞伯拉斯，也說不上是正在坐著了。

身穿沾血僧袍的塞伯拉斯滿臉汗珠，下身傷口正在慢慢重生，雖然他六眼緊閉，但看他模樣和周身散發的氣勢，他定必已六瞳盡開以加速療傷。

「有被嚇倒嗎？」塞伯拉斯忽然打開瞳色妖紅的左眼，看著我笑問道。

「是有一點。」我點頭承認。我早猜到他會在此，卻沒想過他身受如此嚴重的傷。

瑪利亞看到那血肉模糊的傷口，臉色早已變得煞白如紙，可是看了片刻，她忽轉頭朝我小聲問道：「我可以走近一點看看嗎？」

我還未回答，塞伯拉斯忽然用亞拉姆語問道：「你想治老衲的傷？」

瑪利亞先是驚訝地看著三頭犬，這才點頭，「對。」

塞伯拉斯看著瑪利亞，神色猶豫片刻，最終肯首說道：「你過來吧！」

瑪利亞走到他身前，稍微觀察一下他的傷口後，忽地伸出纖手，輕輕按住塞伯拉斯的胸口，然後雙目緊閉，凝神運功。

瑪利亞的治療能力沒有令塞伯拉斯的下身立時長回來，卻令他的骨頭急速重生。

不過片刻，塞伯拉斯的盆骨腿骨竟都統統長了回來！

拖著半身白骨的塞伯拉斯狀甚恐怖，但他看著自己下半身，眼神驚喜萬分。

骨頭重長後，就是血管，只見無數血絲從塞伯拉斯的斷口中長出來，在骨頭上交織起來。

可是，青紅兩色的血絲才開始在骨頭表面鋪織不久，瑪利亞忽然「嚶」的一聲，接著渾身一震，竟突然脫力倒地！

我一把扶住了她，只見她滿額汗珠，樣子疲憊之極。

「抱歉，我只能做到這個程度。」瑪利亞臉色蒼白，氣若柔絲的道。

「不，你已經幫了老衲省去許多功夫。」塞伯拉斯豪爽地大笑道。

瑪利亞強笑一下，便埋頭在我懷中閉目養神。

我探了一下她的脈象，雖然她氣息紊亂，但脈搏依然穩健，似乎只是耗力太多而感疲累。

塞伯拉斯見狀，便即吩咐楊戩道：「戩兒，扶瑪利亞到房間休息一下。」

原本正在養神的瑪利亞，聽到塞伯拉斯的話後，忽然睜開眼皮，輕聲問道：「你……你認識我？」

雖然塞伯拉斯和楊戩說話時並非用上亞拉姆語，但對於自己的名字，瑪利亞終究是聽得懂的。

「老衲當然認識你。」塞伯拉斯冷不防瑪利亞如此一問，脫口答罷，神色疑惑的問道：「你為甚麼這樣問？」

「她被囚在『約櫃』太久，喪失了部分記憶。」我代瑪利亞回答。

「失憶了？」塞伯拉斯皺著灰黑的濃眉，眼神複雜地打量瑪利亞片刻，才招手讓楊戩接過瑪利亞。

「你們都回去休息一下。」塞伯拉斯對著其他人揮手，又跟我說道：「小子，留下和老衲談一陣子吧。」

待其他人都離開廟堂後，塞伯拉斯便指了指他身旁的莆團，示意我坐下去。

我盤膝坐好，三頭犬忽然說道：「先等老衲一下，老衲想先把傷治好。」

「隨便。」我淡然說道。

塞伯拉斯豪笑一聲，便重新閉目，只見他眉頭一皺，一股無匹魔氣同時從他的身上散發出來，其勢之強，竟令插在牆上的油燈火光，都無風自滅！

霎時之間，廟中黑暗一片，但月光透過紙窗入室，讓我能勉強看到塞伯拉斯的回復情況。

雖然遠沒有瑪利亞的治療能力般神奇，但憑著精純的魔氣和準確的流量控制，只見肌肉血管皮膚毛髮，轉眼之間已重新長在塞伯拉斯的腿骨之上。

塞伯拉斯稍微活動新生的雙腳，雖然還不是十分靈活，但行動已無大礙

「你的確很厲害。」看到他傷勢回復之快，我忍不住出口讚道。

「嘿，老衲好歹也是七君之一，這點本領，不算甚麼。」塞伯拉斯睜開眼睛，瞳色已然回復原狀，「不過，要不是那娃兒把老衲的骨頭先弄回來，老衲可要多費上十倍的魔氣。」

每名魔鬼也有自癒之能，可是能像塞伯拉斯般快速回復的，世上並沒有多少人，所以他口中說得輕鬆，但我心裡知道這是非常厲害的魔氣控制表現。

原本幽暗的廟堂，突然閃過一絲火光，卻是塞伯拉斯打了個響指，以指甲拼出的火花，燃起茶几上的小油燈。

「閒話說畢。」塞伯拉斯一邊換上一套乾淨的黑色僧服，一邊看著我說道：「剛才你在廟外的話，老衲都聽到了。你有甚麼疑惑，即管問吧！」

「那麼，請你首先告訴我，」我看著他，正容問道：「殲魔協會現在的立場，究竟是甚麼？」

「從一而終，就是『逢魔必殲』。」塞伯拉斯取過几上那冒煙的熱茶，淺嚐一口，笑著續道：「你如此質問，是在懷疑老衲先前為甚麼會倒戈吧？」

「沒錯。」我沒有掩飾心中所想。

「其實你應該知道，老衲和撒旦教根本不是同一陣線。」塞伯拉斯捧著茶杯笑道：「至少，你該從老衲的傷勢中看出來。」

「你的傷，是誰造成的？」我皺眉問道：「薩麥爾或是龐拿？」

「兩者皆是。」塞伯拉斯笑道。

「那一天，究竟發生了甚麼事？」我捏了捏眉心，問道：「我『黑暗化』後便失去神智，對當時發生的事，都全沒記憶。」

「那天你化成『獸』後，便和拉哈伯纏鬥一起。薩麥爾和龐拿想一舉把你擒下，老衲連忙出手阻止。」塞伯拉斯搖頭苦笑，「可是老衲始終不是二人對手，一招不慎，露出破綻，便給薩麥爾那廝分成兩段。」

「那麼……拉哈伯呢？」我猶疑片刻，問道。

「嘿。」塞伯拉斯看著我淡然一笑，一雙虎目卻露流傷感之意，「那傢伙運氣不好，和你戰鬥期間，露出一個破綻，最終便被『黑暗化』的你抓住機會，一擊殺死，最後……更被你拔掉頭顱。」

雖然我早知事情如此，但現在聽到塞伯拉斯親口描述，我的心不禁再次感到痛楚。

我默言良久，才沉聲再問道：「之後又發生甚麼事？」

「當老衲看著拉哈伯被殺，自己又被斬成兩半，原以為會就此命喪地底，可是就在最危急的關頭，我們的頭頂忽然傳來一聲巨響。」

「是爆炸嗎？」我想起先前那撒旦教士兵的話。

「不是一般的爆炸。數十米深的地底，就在巨響聲後，一眨眼不見了。接著，就是無窮無盡的烈焰，自地面湧進基地裡，把許多設備和凡人都燒成灰燼。」塞伯拉斯回憶道：「當時老衲雖也感到無比震驚，但痛楚提醒老衲沒了半身，於是老衲便趁混亂逃離青木原。」

「那麼，你逃走時有看到『黑暗化』的我嗎？」

「沒有。」塞伯拉斯搖搖頭，道：「當時場面實在太過混亂，即便在地面，周遭也是一片火海。」

三頭犬的話並沒有解答我心中疑惑，對於「黑暗化」的我為甚麼和瑪利亞離開地底，我還是感到一頭霧水。

我思索片刻，還是不得要領，便繼續問道：「那麼你可知這大爆炸，是哪路人幹的嗎？」

「不知道。」塞伯拉斯搖頭說道：「但絕不會是殲魔協會。」

「不是殲魔協會，更不會是撒旦教。」我摸著下巴想道：「究竟是甚麼組織，能有如此威力強大的武器？」

「老衲不知道襲擊者是誰。不過，」塞伯拉斯身子稍微靠向我我，認真的道：「老衲認為，引發那大爆炸的，不是一般武器，而是神器！」

「神器？」我皺眉不解的問道。

「十二神器之中，其中一件，名曰『火鳥』。」塞伯拉斯喝了口茶，續道：「『火鳥』所散發的火炎，能燬萬物，是眾多神器之中，破壞力最強的一件。」

聽到這神器的名字，我不禁想起烈日島上的火鳥殿，於是便問道：「那麼誰人持有『火鳥』？」

塞伯拉斯搖搖頭，說道：「『火鳥』已經絕跡數千年，況且老衲只見過『火鳥』一次，對於那場大爆炸，一切也是憑空猜測，沒有任何證據支持。」

塞伯拉斯的話使我略感失望，過了片刻，我又問道：「對了，你為甚麼直到那刻才反抗？你不是因為龐拿能『黑暗化』而相信他是撒旦轉世嗎？」

「嘿，說句實話，龐拿的氣息的確令我震憾和疑惑，但老衲由始至終都沒有將龐拿以及你，視為撒旦轉世。」塞伯拉斯笑了笑後，認真的道：「那次投誠，老衲並非出自真心，只是為了讓老衲原本的計劃，能夠順利進行下去。」

「原本的計劃？」我皺眉不解。

「你應該還記得，我們當初入侵青木原的其中一個原因，是因為我殲魔協會的一個臥底失蹤了吧？」塞伯拉斯問道。

「那名失蹤臥底，就是項羽吧？」

「對，正是羽兒。咱們入侵基地之前，已和他失去聯絡，老衲怕他被薩麥爾發現他臥底的身分，逼供出殲魔協會的機密資料，所以才會如此著急要潛進青木原。」塞伯拉斯說到這兒，忽然頓了一頓，「不過，當咱們剛到達地底，老衲便知道他還未被人發現。」

「你怎知他沒事？」我皺眉問道。

「暗號。羽兒他在那升降機大堂之中，刻下了暗號。」塞伯拉斯又喝了一口茶，「那暗號以一種特殊化學物質所刻成，刻好後不會留下痕跡，只會留下氣味，而那氣味卻只有老衲或嘯天犬的鼻子，才能嗅得到。」

我看著他，問道：「拉哈伯當時嗅得到嗎？」

「嗅不到。」塞伯拉斯搖搖頭，道：「他的鼻子雖然靈敏，但那氣味還不在他嗅覺範圍內。」

「你有告訴拉哈伯這件事嗎？」

「沒有。」塞伯拉斯凝視著我，沉聲道：「畢永諾，老衲知道你這樣問道，是因為覺得如果當時老衲一早告知羽兒沒事，整件事的結果可能會改變吧？」我想了想，點頭默認。

「第一，當時老衲還不是百分百肯定羽兒真的沒事，第二，拉哈伯此行主要目的是『約櫃』，因此即便老衲提早跟他說了，最終結果還是一樣。不過……」說到這兒，塞伯拉斯忽嘆一聲，「老衲的確甚為後悔。要是當時我能阻止拉哈伯出手，他就不會被洗腦控制了。」

「你和薩麥爾交手了那麼久，難道會不知道他有多狠毒嗎？」我冷笑一聲。

「老衲知道他有多狠，所以當時才沒有阻止拉哈伯。」塞伯拉斯嘆息道：「老衲猜不到的，只是撒旦教主原來也如此狠毒。」

「你的意思是，指使薩麥爾下手的人是撒旦教主？」我皺眉問道。

「不錯。」塞伯拉斯說道：「這是羽兒後來告訴老衲的。」

「他……他為甚麼要這樣做！」我語氣激動。

「老衲亦百思不得其解。」塞伯拉斯仰天輕嘆，「老衲實在看不出，這小子和拉哈伯究竟有甚麼深仇大恨。」

「我知道，他為甚麼會狠下毒手。」我忍不住手搗頭，苦笑道：「龐拿那廝，是衝著我而來。」

聽到塞伯拉斯的話後，我突然有這種感覺，龐拿想把我身邊的人，一個一個拔掉。

不知為何，我卻非常肯定他有如此想法。

因此說到底，拉哈伯的死，仍是我的責任。

沉默片刻，我才再次說道：「你繼續談那個計劃吧。」

「其實當初派羽兒混進去，就是希望他能偷走撒旦教一份重要名單。」塞伯拉斯說著，忽然從懷中取過一片指甲大小的記憶盤，顯然就是他口中的那份名單。

「這份名單，有甚麼特別？」我不解問道。

塞伯拉斯沒有立時回答，只是將記憶盤在指間翻了一遍，問道：「小子，你知道撒旦教的勢力有多大嗎？」

「不知道。」我搖搖頭。

「世上有過半數的國家，都受其或明或暗的控制，而且統統是人類社會中最具影響力的國家。」

塞伯拉斯解說道：「這也是為甚麼老衲千方百計想得到這名單，因為名單記下了所有撒旦教徒的資料。不論職位高低，甚至是安插在殲魔協會中的臥底，都統統在名單上。」

我雖然和撒旦教對抗了一段日子，不過它給我的印象只是單純的勢力龐大，現在聽到三頭犬的話，我才明白原來我一直對抗的，是一個龐然巨物。

「在第一次入侵時，老衲雖知羽兒無礙，但他留下的暗號中提到尚未成功竊取。」塞伯拉斯頓了頓，續道：「這也是為甚麼老衲當時會決定倒戈，因為老衲還不想和撒旦教開戰時。」

「現在名單已在你手，因此你就展開那個甚麼『獵巫行動』了？」

「『新世紀獵巫行動』。」塞伯拉斯將記憶盤收回懷中，然後看著我道：「你該聽過古代歐洲那個持續百年的獵巫行動吧？」

我點點頭示意聽過。事實上，這個行動我是從莉莉絲那兒聽來，只是想起殲魔協會和她曾有衝突，所以也不便提起。

這時，只聽得塞伯拉斯續道：「數百年前那個獵巫行動就是由殲魔協會策劃，目的是將撒旦教連根拔起，不過因為一些滲在協會裡的撒旦教臥底從中作梗，所以才令這行動偏離原本方向，最終失敗收場。」

「那麼在接下來的數百年，難道你們沒有交手？」

「嘿，我們可是每一分每一秒，都在或明或暗的較勁，只是雙方實力相若，所以每次都只能鬥個難分難解。」塞伯拉斯喝了口茶，冷笑道：「而且，那次獵巫行動，令薩麥爾決心壯大撒旦教，招攬更多人類，所以他們才會變得越來越棘手。」

「但現在，完全滅掉他們的機會再次來了。」我說道。

「說得不錯。」塞伯拉斯點了點頭，問道：「小子，為了拉哈伯，你應該會幫助殲魔協會吧？」

我「嗯」了一聲，算是答應。

其實除了拉哈伯的緣故，我還因為畢睿獻的血契，必須加入殲魔協會一年。只是，我不想這事成為殲魔協會控制我的手段，因此便瞞而不說。

「嘿，這樣也不枉老衲派他們去救你。」塞伯拉斯笑道。

「說起來，他們是怎樣尋上我的？」我皺眉問道：「我從青木原離開後，一直小心隱藏行跡，連氣味也洗得一乾二淨，怎麼你們和撒旦教的人都能找上我？」

「正確來說，真正找到你的是撒旦教。」塞伯拉斯笑道：「只是戩兒利用『千里之瞳』，一直追蹤著薩麥爾那幾名手下，最後才尋得到你。」

聽塞伯拉斯的話，似乎和我先前推測那般，是其中一「罪」擁有尋人功能的魔瞳。

想到這兒，我又問道：「那麼，你不怕他們會尋到這兒嗎？」

「你還記得青木原基地地面，有一層特殊物質所製的地殼，令戩兒的魔瞳看不透吧？這座廟也用上了相同物質，所以按理他們不會尋到此地。」塞伯拉斯解釋罷，忽然問道：「對了，瑪利亞真的失憶了嗎？」

「嗯，她原本只記得自己的名字，但我給她看了一套聖經電影後，她開始回復些許關於耶穌的記憶，不過因為那些電影內容不盡不實，所以令她的記憶現在有點混亂。」我看著塞伯拉斯，疑惑問道：「怎麼突然問起這件事？」

「老衲希望能從她口中，多問到些資料。畢竟，她是耶穌的母親，天使軍那邊的人。」塞伯拉斯說罷，一臉深思，似在盤算甚麼。

「我知她和魔鬼勢不兩立。」我看著他認真地道：「不過，沒我允許，誰也不可以傷害她。」

「嘿，誰說要傷害她了？」塞伯拉斯瞪了我一眼後，放聲大笑道：「老衲只是在想，應否帶她去梵蒂岡而已。」

「為甚麼要去梵蒂岡？」

「日本這兒已不宜久留，而且這次『新獵巫行動』，必須利用所有協會的人類武力，因此我們原本已打算在後天出發，去梵蒂岡接見殲魔協會中的人類代表。」塞伯拉斯道。

「人類代表？」我想了想，問道：「你說的是天主教教宗？」

「他是其中一人。」塞伯拉斯點點大頭。

「但那跟瑪利亞的記憶有甚麼關係？」

「你先前說，她看過關於聖經的影片後，便回復了部分記憶。因此老衲想帶她去梵蒂岡，翻一翻聖經。」塞伯拉斯又喝口茶，笑道：「小子，你要知道，梵蒂岡擁有最原始版本的聖經，包括那些被稱為次經或偽經、早已不在世上流通的經文。那些紀錄，該是最接近瑪利亞所知的故事了！」

塞伯拉斯的話使我恍然大悟。如果瑪利亞能閱讀最初版本的聖經，誠然對她回復記憶大有幫助。

「我待會跟她說一下，我想她應該會答應同行。」我說道。

「嘿，她現在人在咱們手上，還能不乖乖跟隨嘛？」塞伯拉斯笑罷，見我神色不善，便轉過話題，道：「對了，小子，你趕快去見一見你師父。」

原本我還在不滿他對瑪利亞的態度，但聽他提起師父，連忙追問道：「師父在哪兒？還有他和子誠為甚麼會跟你們在一起的？」

「這些事情，就留待他們跟你交待吧。不過，你師父的情況很糟糕，也撐不了多久。」塞伯拉斯指了指廟堂左邊的大門，道：「你從那邊出去，自會有人帶你去他們的寢室。」聽得師父情況危急，我便連忙和塞伯拉斯告辭。

快要離開廟堂時，我突然想起了些事，轉頭向塞伯拉斯問道：「三頭犬，你先前說，你由始至終都沒把我或龐拿視為真正的撒旦，對吧？」

「不錯。」塞伯拉斯點點光頭。

「那麼，你為甚麼要幫助我？」

「老衲不是幫你，只是幫朋友。」塞伯拉斯看著紙窗上的月影，輕嘆一聲，「其實拉哈伯在死前，曾用傳音入密，跟我說一句話。」

「甚麼話？」我詫異的問道。

「『替我保住那臭小子的命』。」塞伯拉斯看著我，語重沉長地道：「『這算是我這一生，唯一求你的一件事了』。」

說罷，塞伯拉斯又舉起茶杯，喝了一口。

不過這一次，他不是淺嚐，而是舉杯盡飲，彷彿那杯中之物，是酒非茶。

那張長滿鬍子的粗獷臉孔，在微弱的油燈火光映照下，卻是透露出無盡蒼涼。

第五十五章——槍刃合璧

第五十五章 槍刃合璧

大門之後，是一條密封但燈火明亮的走廊，才走數步，便見不遠處站有兩人，一人是接待僧人，另一人卻是子誠。

仍是一身武裝的子誠，神情焦急地踱步，看到我的出現，便即匆匆走來，著急地道：「小諾，你終於談完了！」

「邊走邊說。」我一邊指示著僧人帶路，一邊和子誠並肩而走，「師父怎麼了？」

「自從你離開後，他身體一天比一天差，不單官感退化，肌肉也開始失去彈性。」子誠憂心的道：「我問了許多遍，但他始終不肯告訴我發生甚麼事。」

我知道師父會有如此改變，全因他生存意欲越來越低，致使與『地獄』的連繫也變得薄弱。只是，師父體內藏有『地獄』一事，牽涉甚廣，他自然不會向子誠從實相告。

「對了，我出發去開羅後，撒旦教是否曾經來襲？」我問道。

「不錯，你離開後第二天，撒旦教的殺神部隊和魔鬼便忽然殺到，大舉屠城。」子誠說道：「他們人數眾多，我們完全不是對手，不得不逃走。後來純帶著我們聯絡上殲魔協會，協會的人便把我們接走，帶到日本。」

「那麼莉莉絲他們呢？」我問道，因為以莉莉絲和塞伯拉斯的關係，她絕不可能投靠殲魔協會。

「當撒旦教攻來時，城中一片混亂，我沒有留意莉莉絲和她的手下去了哪兒。」子誠搖頭說道：「最後和我一起的，只有師父和純，妲己和煙兒也不知所蹤。」

「嘿，她倆自然沒了蹤影。」我冷笑一聲，道：「撒旦教得悉我們藏身之所，正是因為妲己通風報信！」

「妲己是撒旦教的臥底？」子誠詫異萬分地看著我後，又搖搖頭說道：「不，妲己不會是出賣我們的人。」

「為甚麼？」我皺眉問道。

「因為第一個發現撒旦教蹤跡的人，就是妲己。」子誠抬頭回想，「要不是有她提醒，我一人帶著師父和純，絕難逃出撒旦教的圍剿。」我聞言頗感意外，但妲己是撒旦教的臥底，卻是不爭事實。

「也許，前輩有她的苦衷。」子誠忽然說道：「你在城裡逗留七天才去開羅，要是她真的心懷不軌，想把我們一網打盡，便應一早通知撒旦教，亦不用幫我和師父逃離追捕。」

「你的推測或許不錯，但更大可能是妲己知道撒旦教的目標只有我一人，所以才會放不相干的你們一馬。」我冷笑一聲，道：「要我再相信她？難！」

畢竟，是妲己把我引到青木原，又將我吞下『天堂鑰匙』一事告知薩麥爾，害我幾乎命喪他們手上。

「那麼煙兒呢？」子誠看著我，問道：「你覺得這件事她是否知情？」

我冷不防子誠會突然提起煙兒，沉思半晌，才搖頭嘆息道：「我不知道，我實在看不透她們母女倆。」

我當然不希望煙兒是出賣我的其中一人。

在妲己自我點破身分時，煙兒的表現驚訝萬分，不像有詐，但她畢竟是薩麥爾和妲己之女，真要掩飾起來，我也未必能看得透。

說到這時，走在前方的接待僧忽然止步回身，看著我們恭敬說道：「施主，您師父就在裡面。」

謝過僧人，我便即推開他身後的房門，房門一開，立時有一股撲鼻芳香從房中傳出來。

房間不大，只有一床一椅，各有一人坐在其上。

坐在床沿的人了無生氣，正是師父；坐在他旁邊的女子，一頭清朗短髮，原本透紅的俏臉，看到我出現立時變得煞白，眼神中更隱含怨恨，自然是林源純了。

先前聽著子誠形容，我心中已作準備，但此刻親眼一看，才知道師父的情況是如此嚴重。

只見師父神情頹靡，臉色灰白，手腳更是透著點點深紫色的屍斑！

「師父！」我上前握住他的手，緊張地問道：「你的身體怎麼樣？」

來到師父身前，我才知道為甚麼會芬芳盈室，原來師父身上正傳出一股頗為嗆鼻的腐臭。

「小諾，你終於回來了。」師父用那雙灰蒙蒙、不知還能否視物的雙眼，慈祥地看著我，笑道：

「我快不行了，你把『那東西』取走吧。」

「師父，別放棄。」我用力握了他一下，道：「我帶了一顆『笑笑之瞳』回來，我待會兒向塞伯拉斯借來，說不定你裝上魔瞳後，便可完全復原。」

「哈……想不到東施那丫頭竟也敗在你手下。」師父有氣無力的笑道。

「這次完全不是我的功勞，因為我的魔瞳，不知為何打不開。」我頓了頓，無奈的道：「無論我怎催動魔氣，『鏡花之瞳』也毫無反應。」

師父聞言一驚，連忙追問下去，於是我便長話短說，把這段期間的經歷，統統說出。

聽到我遇上李鴻威時，子誠忍不住咬牙切齒起來；聽到我登上烈日島，碰到變成一教之主的程若辰，師父呆滯的眼光閃過一絲恨意，聽到他自焚而死，又搖頭嘆了一聲。

不過，當他聽到我殺死拉哈伯時，便忍不住驚呼一聲，一臉難以置信的看著我。

「想不到強如拉哈伯，也落得如此下場。」師父搖搖頭，苦笑說。

因為薩麥爾的關係，師父和拉哈伯向來沒有深交，不過，他們畢竟共同生活四年，彼此間多少存在一些感情。

「我是逼於無奈。」我低頭歉疚的道。

「我知道，所以你不用自責。」師父拍了拍我的肩後，問道：「你剛才說，殲魔協會和撒旦教開戰，是因為三頭犬取得撒旦教的名單？」

「對。」我點點頭。

「其實我覺得，塞伯拉斯決定開戰，一半原因是那份名單。」師父頓了一頓，道：「另一半原因，卻是拉哈伯。」

「他想替拉哈伯報仇？」我皺眉問道。

「不錯。撒旦對塞伯拉斯非常重要，但拉哈伯在他心目中的地位，絕不比撒旦低。」師父說罷，仰天輕嘆：「魔鬼不是無情物，只是所經歷的種種，逼著我們要變得絕情絕義。塞伯拉斯如是，拉哈伯如是，程若辰如是。」

聽到師父提及他，我便即問道：「那麼，你還恨程若辰嗎？」

「恨，我當然恨，他害死我一生最愛，我沒有不恨他的理由。」師父搖頭苦笑道：「不過我也明白，他不過是我們當中，其中一個可憐人。」

「魔鬼再強，異能再大，也有力所不及的事。」說著，我不禁想起拉哈伯。要是我能控制到「黑暗」力量，也許他就不用枉死。

「小諾，把『東西』拿走吧。」師父似是感受到我的悔恨，輕輕拍了拍我的手背，淡然笑道：「你知道的，唯有力量越強，你才能有更大的選擇權。」

「我知道，但這不代表你現在就要放棄。」我看著他，認真地說：「我還需要你！」

「我所會的東西，已經全部傳授給你，就算有我在身邊，對你的幫助也是有限。」師父淡然一笑，道：「再說，我此刻還能和你說話，全因和『那東西』仍然相連。那東西一旦脫離我身，縱有魔瞳，也是無用。」

「此刻殲魔協會已和撒旦教全面開戰，多一份力量，形勢便會不同。」我說道：「而且關於『那東西』的事，你和我一樣，不過是一知半解，不嘗試又怎知不行？」

師父搖頭苦笑，也許自知辯不過我，終於無奈的點點頭。

「我這就把『笑笑之瞳』借來。」我笑了笑道。

心情稍為放鬆，我便即站起來，想要走出房間。

可是，才打開房門，師父忽然把我喊停。

我好奇回頭，眼前情景卻讓我呆在當場，因為師父不知何故，竟伸手牢牢捏住林源純的咽喉！

子誠和我一樣，也是萬分不解，他看著師父，焦急的道：「師父，你這是甚麼意思？」

「子誠，替我擋住小諾，別讓他走近我。」師父淡然說道：「不然，我會捏死她。」

子誠還想出言相勸，可是他尚未開口，師父的手已立時捏緊了些，教林源純呼吸變得困難。

「子誠，別怪我。」師父看著子誠抱歉地說罷，又看著我笑道：「小諾，我知道你真的很捨不得我，只是我去意而決，就算一時不死，也不過苟且偷生。」

雖然我知道師父生存的意欲低下，但卻猜不到他會為了求死，竟會以林源純的性命相脅。

「師父……」我嘆了氣，想上前再和他談一下，不過我才踏前了一步，兩記聲響便阻止了我的腳步。

那是兩記「喀嚓」的手槍上膛聲。

「小諾，抱歉了，我不能不理會純的安危。」子誠語氣歉疚，眼神卻堅定不屈，「你再走前一步，我便會開槍。」

子誠一邊說，一邊從腰背取出雙槍，然後雙手交錯，槍口所指之處，盡是我所有可能前進的路線。

先前在大廈裡煙霧濃密，我沒看清楚他手上雙槍的模樣，此刻燈火通明，我才得見子誠雙手所握的，乃是一對改裝過的手槍。

但見一雙手槍通體銀白，最奇異的地方就是槍管上，皆裝有鋒利的刀刃，我卻認得這兩片利刃，正是二千年前，撒旦賜予師父的那柄智慧樹根匕首！

「不見數天，想不到師父已教了你一門連我也不會的新式技，更將智慧樹匕首交給你。」我朝子誠笑道：「不過，我開不了魔瞳，又手無寸鐵，你不覺得這樣很不公平嗎？」

此匕首乃師父最愛的兵器，現在他甘願折成兩片，交給子誠，足見他死意已決。

可是，我實在不願再失去同伴，因此我雖和子誠談笑依然，但暗地裡卻一直尋找進攻的機會。

「我不是要和你比試，我只想保純的安全，所以我盡量也不會打開魔瞳。」子誠握緊雙槍，正容說道：「不過，我真的希望小諾你不要胡來。」

我沒理會他，只自顧自的說道：「為了公平比試，我也得拿點東西在手。」說著，我一步一步的緩緩橫移，走向牆角的小几。

由於我只是向右橫行，沒有踏前一步，所以子誠只是不斷喝叱，但並沒開槍。

「小諾，」子誠嘆了一聲，正容道：「我實在不願傷害你。」

「我知道，所以待會兒你就算射傷我，我也不會怪你。」我笑道，已然走到小几前。

小几上只有一座燭台，燭台上的蠟燭火光搖晃，為此室帶來光明。

我輕輕拔出蠟燭，放在几上，使燭光露出尖銳的針柱，稍為掂量一下，這燭台還能將就當武器使用。

「師父，如果我能越過子誠抓住你，你是否願意裝上魔瞳一試？」我認真地問。

看見師父微微肯首，我便朝子誠笑道：「你別以為我沒有魔瞳，就可掉以輕……啊！」

一語未休，突然有一股痛楚侵襲我，使我不得弓下身子，閉目呼痛！

子誠見狀，立時大為緊張，想要上前察看，可是他才稍微移動，師父立時從他身後大喝：「子誠，別上當！」

「太遲了！」我冷笑道。

子誠還未反應過來，寢室忽然變得漆黑一片，卻是我把蠟燭撥到地上，滅掉火光！

其實剛才我不過是佯裝不適，老練的師父自然一眼看穿，子誠卻因為情緒突變，身子微動，露出了一絲破綻，加上適才我喊痛時雙眼緊闔，令我比子誠更早適應幽黑之境！

雖然子誠只露出些許破綻，我從閉目到被師父看破前後也不過三秒，但兩點合起來卻令我大佔先機！

我自然不會放過這三秒時間差的優勢，燈光熄滅的瞬間，我已如箭離弦，手握燭台向子誠俯衝！

突如其來的環境改變，使子誠一時間適應不了，雖然他隱約感覺到我的位置，但看不清楚我身影的他，始終沒有開槍。

子誠所持的手槍是我最大顧忌，因為它們乃為對付魔鬼而設計，填滿銀彈，現在以我凡人之軀自然難以應付，因此在這三秒裡我沒有絲毫閃避，只是筆直地走，務求把我倆的距離拉到最短。

和子誠還相距約七米時，我見他的眼神突然明亮起來，便知他雙眼已適應黑暗，看到了我！

砰！砰！砰！砰！砰！

子誠雙指一扣，巨響連起！

快絕無比的銀彈瞬間擋住我前進的路，但我雙腳一錯，立時換了身法，蛇行前進，又和他拉近一米。

槍聲不絕，但每發子彈都僅僅在我面前擦過，我知道這是因為子誠不想傷害我，所以我更一直毫不顧忌地衝，轉眼和他只有四米之遙！

「子誠，你會手下留情，但我不會手軟的。」師父在床上淡然說罷，林源純的呼吸再次變得困難起來。

子誠聞言一急，朝我大聲喝道：「小諾，別逼我認真！」

「盡管使出你新學會的本事吧。」我笑道，又走近一米。

子誠咬一咬牙，目光一怔，雙槍槍口終於真正瞄準著我。

我早預料他最終會認真起來，因此和他只相距三米時，我忽地矮身，多滑前半米，手中燭台同時猛地朝他手腕刺去！

要是被我刺中，子誠必定拿不住手槍，只剩一槍的他定然更難阻止我，因此當他驚覺我出手後，本要扣下機板的手指立時擱住。

我故意刺得歪歪斜斜，使他看不出那一邊才是我真正目標，子誠果然不得不雙手齊舉避開。

我不想傷害子誠，但更不想師父枉死，因此一擊不中，我並沒留手，反是踏前一步，提起燭台往他胸口又是一刺！

子誠看到我出手追擊，臉上閃過一絲意外，但驚訝一瞬即逝，子誠旋即正容道：「小心了！」

語畢，他高舉的雙手忽然一振，一對手槍的槍身忽然變直，與槍柄連成一線，成了短棍狀，加上兩片利刃，雙槍竟搖身一變，化為一對短劍！

燭台的針柱眼看要刺中子誠的胸口，但他不閃不避，手中雙劍挾勁畢直朝我劈來！

我深知智慧樹匕首的鋒利，因此沒有以針柱抵擋其鋒，只是抽手側身避過。

雙劍才在我身邊恰恰擦過，我換氣再上，不過這時我在子誠左側，因此燭台刺向他的左腰肋處，教他右手短劍施展不順。

子誠反應不慢，看到我又再攻擊，竟不顧破綻大露，左劍突然自左而右的橫揮。在子誠的左劍砍中我之前，燭台針柱應能先刺進他的肋骨，但他短劍所指乃是我的頭，我不願兩敗俱傷，又不願後退，無奈之下，只能扭身往右躲開這一劍，怎料子誠早留有一手等著我！只見他右手一抖，短劍頓變回手槍狀態，我才閃開左劍，身體還未停定，子誠右槍便突然向我開火！

槍聲響起，我的左肩立時傳來劇痛，身法也不禁變慢。動上真格的子誠沒有放過機會，眼見和我的距離拉開，他左劍立時變回槍形，雙槍槍火連環，把我逼退數米。

我強忍肩上痛楚，提氣又上，只是每次當我稍為接近，子誠便化槍為刃，一手把我刺擊盡數接下，另一手如毒蛇般伺機反擊；距離一遠，他又會轉刃回槍，以彈藥盡量把我擋在數米開外；有時我攻勢緊了，他就會一手提槍，一手持劍，冷熱兵器交替反擊。

每次子誠使用槍刃合擊術，他的攻擊力便會忽地倍增！

但見他槍劍交替，或左或右，手法精妙，把兩者的缺點互補，長處盡展，我使出渾身解數，才能恰恰避開連環劍刃和銀彈的夾擊。

拿著燭台的我完全不是子誠對手，加上肩膀的傷口血流不止，使我身法越來越遲緩，交手數個回合，我不單沒有越過子誠，反越退越後，此刻竟又回到原地！

我沒有再攻，只是站在原地，按著傷口冷笑：「想不到師父你竟留下如此厲害的武技，沒教給我。」

「這是我多年前構思的武技，名曰『槍刃術』。唯有槍法和體術俱佳者，才可習得此術。小諾你手腳不差，但甚少用槍，因此我沒有把它傳給你。」師父坐在床上解釋，「子誠本是警察，終日與槍為伍，成魔後眼界更進一步，加上他這段時間的體術進步不少，所以才適合學習『槍刃術』。」

「嘿，聽得我有點後悔沒怎麼訓練射擊了。」我冷冷一笑。

「槍刃術雖然能使子誠實力倍增，但小諾以你原本的實力，即便子誠打開魔瞳，亦不是你的敵手。」師父看著我說道。

「誰說我沒了魔瞳，就一定勝不了？」我笑著踏前一步。

「小諾，夠了！」子誠雙手一振，劍化成槍，指著十米外的我，喝道：「現在的你不會是我的對手。」

「嘿，我可沒打算，與你正面交鋒啊！」笑罷，我猛地用力把燭台擲到地上，同時拔足前奔！

這一次子誠沒有開槍阻止我，因為此刻地上正有一條火蛇朝林源純的位置燃燒過去！

剛才我撥走几上蠟炬時用上巧勁，使蠟燭一直滾到林源純的腳邊，地板上亦因而留有一條蠟油痕跡。

我看準位置，用力擲下燭台，使燭台和地面拼出火花，這點火花沾上易蠟油，便如魚得水，迅速燒向林源純。

事出突然，子誠一時反應不及，火焰燒到半途他才驚覺，但這時我已經和他相距不足五米。眼看子誠想動身出手撲火，我便把先前從燭台中折下來的針柱，緊扣指間，然後瞄準林源純的咽喉彈射出去！

子誠快要撲向火道，聽見背後風聲有異，回頭一看，頓時大驚失色。火蛇自右而去，針柱從左射出，雖然火焰較早燃起，但針柱所含勁力不少，後發先至，轉眼就要射中林源純，子誠不得不回身急救！

本來以這種距離，子誠可以用槍把針柱射下來，但我早算好這一點，要是他真的開槍，定必傷及師父，以他性格只會以劍格擋。

只見子誠果真毅然放棄滅火，右手一振，槍化成劍，劈斷針柱。

原本他再走前一步，就可以把快碰到師父的我擋下，但火蛇也快燒到林源純腳下，教子誠不得不回身撲火，這樣一來，他就絕對來不及回頭阻止我！

我伸直了手，幾乎就要觸及師父，可是就在這時，我忽然感到五指一涼。

我愕然站住，因為我見到自己的左手五指，竟齊掌而斷！

「抱歉，我最終也打開魔瞳。」子誠突然出現在我身旁，一股魔氣從他身上輕輕散發，「師父，請你放過純吧！」

我沒有再走前一步，因為子誠左手刃槍，劍尖正擱在我的咽喉上。

師父看到這情況，微微一嘆，道：「放開他吧。」說著，他也鬆開扣著林源純的手。地上的火蛇早已被子誠弄熄，他能回身把我五指切斷，自是因為魔瞳加快身法之故。林源純由始至終都沒發一聲，但看她此刻蒼白如紙的臉色，足見她心中有多懼怕。

子誠見狀，連忙收拿槍刃，看著我歉疚的道：「小諾，我真是逼不得已才會傷害你。」

「不要緊，是我把你逼到絕境，你才不得不出手。」我看著他笑道：「我早說了，你怎樣傷害我，我也不會怪你。」

「可是你的手……」

「我待會兒找瑪利亞就行了。」我微微笑道。

子誠還要再說，師父忽然吩咐道：「子誠，你帶純先出去吧，我想和小諾單獨相處一會兒。」

子誠看了我們一眼，便點點頭，帶著驚弓之鳥的純，離開房間。

「師父……」房門一關上，我便即跪倒地上，頹然說道。

師父嘆了一聲，問道：「你明白我為甚麼要讓子誠阻止你嗎？」

「你想讓我知道，沒有魔瞳的我是多麼脆弱。」我看著他，說道：「但你更想我知道，有時候，同伴反而會是我的阻力！」

「不錯。子誠雖然是和你立了血契的同伴，但今天的他也能夠阻止你接近我。就算我真能痊癒，但難保某一天，不會被誰要脅，又或者因某些原因出賣你。」師父忽然伸出枯手，重重地搭著我的肩，「你唯一能相信的力量，就是你自己！因為你的力量，才是完全掌握在自己手中！」

剛才子誠把我五指切斷時，我會如此錯愕，是因為我一直都覺得子誠不會對我狠下殺手。可是為了林源純，他妻子的替身，子誠終究還是出手，將劍置在我的咽喉上。

我本以為自己能單憑智謀壓倒子誠，但怎料當他打開魔瞳，情況就完全逆轉，雖然他是打破諾言，但當我面對真正的敵人時，對方只會比他更加不擇手段！

為了對抗撒旦教，對抗末日天使軍，我需要同伴。

但此刻的我，更需要力量，一股能走到終點、走到天上唯一面前的實力！

唯有絕對的實力，才是永不背叛我的同伴！

「師父。」

我抬頭看著師父，堅定地說：「我需要『地獄』！」

師父如枯枝的手，重重地搭在我的肩，淡然笑道：「拿去吧。」

我拾起被射斷的針柱，和師父說聲抱歉，便開始割開他的肚皮。

也不知是沒了痛楚，還是快將脫離人世苦海，當我在他肚上劃開一道可怖的傷口時，師父仍然是一臉淡然自若的笑容。

我重新燃點蠟燭，撥開師父創口，藉著燈光一看，只見他的胃中有一顆肉球，微微顫動，正是『地獄』。

我還在猶豫應否伸手把它拿出來時，師父忽然開口說：「小諾，其實你是我的所有。」

我不解地看著他。

「我本是一名複製人，絕大部分的記憶不過是來自真正的猶大，只有離開青木原開始的，才是真真正正屬於我的經歷。」師父看著我，淡然笑道：「我雖然和拉哈伯相處了好一段時間才找到你，但他和我之間的互動，完全建基於他對真正的猶大的感覺，唯有和小諾你的相處，才是真真正正屬於我。」

「師父，我不會忘記你，不會忘記埃及那四年！」我抓住他的手，激動地說。

「其實我真的很想留下來助你一把，無奈猶大的意識實在佔據了我，我知道就算裝上魔瞳，我也難以凝聚生存意欲。」師父拍拍我的肩，笑道：「所以不用傷心，只要你記住我便可以了！說不定真有這麼一天，你擁有天上唯一的大能，能讓我重新活一遍。」

「一定會，一定會有這一天！」我看著他大聲說道：「不單止你，連拉哈伯也會回來！」

「說真的，我很期待這一天。那時候，我們再慢慢談吧。」說罷，師父閉上雙目，微微一笑，「動手吧，小諾。」

我咬一咬牙，終究伸手進師父的胃裡，抓住肉球。

「再見了，師父。」

「再見了，小諾。」

一抹平和的微笑，成為了師父最後留給我的東西。

第五十六章——得物無用

第五十六章　得物無用

由於塞伯拉斯他們和師父沒甚麼交往，加上他是猶大的複製人，所以最後只有我、子誠和純處理師父的遺體。忙碌許久，待我們各自回到自己寢室時，已是深夜。

我把載有師父骨灰的小龕放在桌上，沉默地凝視片刻，才從懷中取出一直藏起的肉球。脫離了師父的胃後，肉球就再沒動過。我用指甲輕輕剖開肉球表面，只見薄薄的肉膜下是一團雪白，退去肉膜，便露出一顆眼球，正是『地獄』。

用水輕輕洗淨後，我把『地獄』放在燭光下照著看，它仍然只是一顆普通深棕色眼珠的模樣。看著『地獄』，一股熟悉感在心底油然而生，也不知是因為它助我出生，伴我成長十六年，還是上代撒旦對它的感覺，遺傳到我身上。

稍微調整心情，我便準備把右眼換上『地獄』。

雖然運用不了魔瞳的再生能力，但以師父的例子來看，『地獄』應該能治好傷口，依附我身。

我撥起眼皮，兩指伸進眼球上，深呼吸一口氣，便運力將右眼扯出來！

痛楚不少，但我還是能勉強忍受。憑著剩下一半的視力，我便即拿起放在桌上的『地獄』，然後將它塞進空蕩蕩的眼窩中。

「四年不見，我們終於再會了。」我看著鏡中流著血淚的倒影，淡然一笑。

說罷，眼窩中的『地獄』忽地微微震動，就像我第一眼裝上魔瞳那般，『地獄』突然長出根，抓住眼窩四周，開始和我連接起來。

雖然疼痛無比，但我已非四年前的無知小子，沒了魔瞳也能勉強忍受。

如此熬了好一陣子，痛楚漸漸減退，就在痛苦完全消失的一剎那，我右眼視力倏地恢復過來。

我左顧右看，才確定『地獄』完美地嵌進眼窩，一股陰涼的感覺忽然自右眼滲透出來，迅速流遍全身。

這時，左肩和左掌斷指處忽然傳來一陣麻癢，我低頭一看，只見肩上槍傷正在癒合，手指也在長回來。

轉眼間，我肩膀上只剩下一道若有若無的淡紅疤痕，左手則五指完好無缺。

看著重新長回來的手指，我不禁心下驚嘆：「雖然還不及瑪利亞的異能般快捷，但『地獄』的治療效果卻比魔瞳迅速得多。」

我回到床上，盤膝而坐。調節一下呼吸節奏，我便重新凝聚魔氣，集中左眼，嘗試打開「鏡花之瞳」，但就像先前那般，魔氣提升到一半，便再也上不去。

我嘗試運用『地獄』那股陰柔之力，可是剛才我的傷勢痊癒後，那股陰柔邪力便突然消失不見，無論我怎樣催動，『地獄』就只是一顆普通眼球，沒半點動靜。

我心下疑惑，嘗試咬破一根指頭，『地獄』又忽地滲出那股陰柔力量，傳到指頭，把傷口瞬間治好。

我閉目用心感受那股陰力，發覺它和魔氣的感覺非常相似，心思一轉，我便打算嘗試利用它來打開魔瞳。

如此反覆咬傷同一根指頭數次，我已大約捉摸到陰柔之力的流動速度，這時，我便用刀子在左臉頰，劃出一道不淺的傷口。

鮮血甫現，『地獄』再次湧出陰柔之力。我立時收攝心神，竭力想控制那股力量，誰知道這股陰力強大霸道得很，猶如一匹脫韁野馬，我本身的力量才接觸到它，它竟似是大受刺激，流傳速度忽地倍增，瞬間治好我臉頰的傷口後，再次消失無蹤！

「搞甚麼的！」我暗罵一聲，又試了幾遍，但始終抓不住那股力量。

我嘗試了許多別的方法，可是無論如何都抓不牢這股『地獄邪氣』，更遑論打開「鏡花之瞳」。

如此埋頭苦幹，時間在不知不覺間流逝，一直到一道金光突然穿過窗戶，投在我的臉上，我才驚覺自己用功半夜，天已然亮了。

我心中大感洩氣，因為直到此刻，我也不知道問題出於哪兒。

我曾想過去問塞伯拉斯，不過我對他始終略有戒心，或許要等孔明再現，才能知道解決之法。

不過，苦試一夜亦非毫無得著，雖然我還未能控制『地獄邪氣』，但至少對它有了深一層的認識。

這『地獄邪氣』和魔氣十分類近，但卻比我所遇過的所有魔氣都要純粹，因此治療傷口時也快捷得多。

如果能把『地獄邪氣』運用自如，我的實力也許就能更上一層樓，無奈此刻我只能被動地讓它治癒創傷，不能主動控制。

一夜無果，我也只能暫且放棄，離開房間正想洗一把臉時，突然見到遠方有一人走近，卻是富熤。

「老大，你真早！」富熤見到我，便即熱情的打招呼。

「你也很早啊。」我看他兩眼烏黑，下巴長滿鬍渣，問道：「你徹夜未眠？」

「嘿，我是興奮到睡不著喇！」富熤搔頭乾笑幾聲，道：「昨天實在太過刺激，實在太不可思議了！」

我啞然失笑，道：「刺激？你昨天不是暈倒了嗎？」

「是啊，但聽說當時情況危急，連老大你也差點掉了性命！」富熤從褲袋中取了根煙出來，邊抽邊一臉嚮往的道：「我光是幻想那情境，已大感興奮！」

「嘿，要是你昨天真的醒著，我想你現在會是心有餘悸多於興奮。」我笑道。

「管他呢，總之現在我們都沒事就行。」富熤笑著，大口的抽了一口煙，。

「今後的經歷只會越來越刺激。」我看著他笑道：「你要好好保住你的小命啊。」

原本我以為富燈聞言會更為興奮，怎料他抽一口煙後，正容說道：「老大，我想我們就此分別好了。」

「你不隨我們去梵蒂岡？」我大感意外。

「其實啊，我很想隨你們四處闖蕩，感受魔鬼的世界，不過，我始終是一名漫畫家。」富燈吐出一個煙圈，淡然笑道：「雖然我常常拖稿停刊，但我人生最重要的事，就是創作。我知道和老大你一起，定會有很多新奇刺激的經歷，但這樣我就很難安定下來畫畫了。」

「是我錯估了你對漫畫的熱愛。」我笑道。

「呵呵，其實我只是怕被讀者追殺。」富燈又抽一口煙，大笑道：「讀者這東西的可怕程度，不比魔鬼低啊！」

和富燈相處只是一天，但我對他頗有好感，或許是他的率性和異常大膽，令我心情總是放鬆下來。

聽到他決定留下，我也沒有勸阻，畢竟他只是名凡人，對我作用有限。

想了想，我便決定再告訴他一些魔界奇聞，算是道別禮，富燈聞言，精神一振，又興致勃勃起來。

一直談了好幾個小時，太陽也要移到頭頂，想起差不多是約定出發的時間，我便和富燈分手，尋到瑪利亞的房間。

也許昨晚耗力過度，睡了一整夜的瑪利亞，仍然是一副沒精打采的樣子。

「睡得好嗎？」我想起她懼怕黑暗，便即問道。

「嗯，我昨天勞累過頭，也忘了害怕，一閉上眼就倒頭大睡了。」瑪利亞微微笑罷，忽然神色奇怪地對我打量。

「怎麼了？」我見狀奇道。

「不知為何一晚不見，你散發的感覺好像有所不同。」瑪利亞閉上眼睛，細感片刻，才睜眼說道：「你現在的感覺，比先前更讓我感到熟悉。」

傳說『地獄』和『天堂』分別封印在『約櫃』和『方舟』之中，雖然後來不知何故，『約櫃』裡所藏變成了我眼前的瑪利亞，但我相信在她進入『約櫃』之前，『地獄』曾經被封印了好一段時間。

我猜瑪利亞說我變得更熟悉，也許是因為我正散發著『地獄』的氣息，在『約櫃』裡困了這麼久的她，自然認得這種感覺。

「說不定，瑪利亞會知道關於『地獄』的事。」

一念及此，我便向她坦白說道：「其實現在我的右眼，不是普通的眼珠，而是『地獄』。」

接下來，我便向瑪利亞解釋甚麼是『地獄』。瑪利亞靜心聽著，一時若有所思，一時滿臉迷茫，似懂非懂。

說罷，又讓她咀嚼一會兒，我才問瑪利亞道：「你記得任何關於『地獄』的記憶嗎？」

瑪利亞細想片刻，終究搖了搖頭。

我正感失望之際，瑪利亞忽然呼了一聲，道：「不，我記得它！」

我緊張追問，只聽得瑪利亞緊閉雙目，竭力回想道：「撒旦曾說過，『地獄』跟……跟末日有關！」

「你慢慢想，不要急。」這個字眼，讓我不禁萬分留神起來。

「末日……撒旦說，『地獄』會影響末日降臨的日子……」瑪利亞想著，額角開始滲出汗珠，「他說，信念是關鍵……信念！」

「信念？」我皺眉喃喃，一時間猜不到這跟末日有甚麼關係。

我等著瑪利亞再說下去，怎料她沉默半晌，忽然呼了口氣，睜眼看著我抱歉道：「我只能想起這些……」

「已經很足夠了。」我看著她笑道，同時把一條乾淨毛巾遞給她拭汗。

瑪利亞的話說不上是甚麼重要提示，但至少令我在推想時，有了一點方向。

雖然我不明白信念和末日有甚麼關係，可是既然『地獄』和末日降臨之日有所關連，我以後得更加小心保管，以及盡快控制它。

心中打定主意，我便和瑪利亞談些別的，才談了一會兒，忽有人在房外叩門，我打開大門，只見子誠和林源純站在外頭，卻是到了出發的時候。

我們四人來到古廟大門，只見塞伯拉斯和四位目將早已在廟外平地等著我們。不用再隱藏行蹤，眾人也換回穿慣的復古武裝。

「小子，你手腳也慢了點吧？」塞伯拉斯甫看到我，便粗豪大笑。

昨晚之後，塞伯拉斯對我的態度似乎變了一點，也許是因為拉哈伯的話，令他把我視作同伴。

「我們現在就出發去梵蒂岡？」我問道。

「嘯天會帶我們到西邊沿岸一個私人機場。」楊戩答道：「那兒有我們的特製飛機，我們會乘飛機到羅馬。」

我知道梵蒂岡就在羅馬之中，點點頭後，又跟楊戩說：「那個和我一起來的日本人不會跟著來，你們可以帶他走嗎？」

「沒問題，待過幾天風聲沒那麼緊，我們的人就會帶他回去。」楊戩點頭答應。

此時烈日剛好移到半空正，嘯天忽然仰天一嘯，臉上獨眼變紅，同時隨著嘯聲倍大成數層樓高的巨獸。

看到快要出發，我便把富燈招過來，認真地道：「我要走了，撒旦教的人很大可能會找上你，你不要回去笛吹市了。」

「放心吧，我自有方法躲起來。」富燈說著，哈哈一笑，「只是如此躲起來，又要欠讀者好一段時間的稿了。」

我笑了一聲，揮揮手想讓他回去，富燈忽然問道：「老大，我可以問你一個問題嗎？」

「你問吧。」

「如果我沒有猜錯，」富燈看著我，笑道：「你就是撒旦吧？」

我沒有回答，只是瞇眼看著他，富燈見我神色變得凝重，便即連忙解釋：「別誤會，我不是甚麼臥底，那只是我作為漫畫家的直覺！」

我瞪著他，看他實在不像說謊，才點頭承認道：「不錯，我就是撒旦轉世。」

「呵呵，果然如此！」富燈興奮的拍一拍手，忽又皺眉道：「不過，我覺得老大你欠了一點魔鬼之皇應有的東西。」

「甚麼東西？」

「招牌服裝！」富燈一本正經的道：「每一名漫畫主角都有自己的固定服裝，就算經歷了多少危機，弄了多少破洞，這件衣服依舊會掛在主角身上，這代表他們堅毅不屈的精神。」

我啞然失笑，問道：「那麼你對我的招牌服裝有甚麼建議？我對時裝可是一竅不通。」

富燈摸著下巴，認真地想了想，忽打一個響指，道：「鮮紅襯衫，黑領帶黑褲子！」

「這……這算是甚麼固定服裝？」我有點傻眼。

「老大你雖然是魔鬼之皇，但現在不知怎地落難了，似乎對手也實在很厲害，因此你也不宜太招搖的服裝。」富燈認真地解釋：「你的氣質邪中帶正，西裝剛能襯托這一點，襯衣的紅色反映魔瞳瞳色，至於你的身分嘛……在你胸口領袋前，鏽下撒旦的標誌就行！不招搖，卻又穩穩表露自己魔皇的身分！」

富燈說罷，竟一臉自豪地豎起大拇指。

富燈的話令我哭笑不得，不過看他一臉認真，我也不好駁斥，只好忍著笑意，點頭說我會認真考慮。

這時三頭犬又再催促出發，我便收起笑臉，向富燈認真道：「好好保重。」

「你也是，快給敵人吃點苦頭！」富燈笑著，又點了根菸，抽了一口。

我聞言只是一笑，轉身便走。

待眾人都上了嘯天犬的背後，牠一聲低吠，長毛把我們緊緊縛好。

我正向遠處的富燈揮手道別時，突然間周遭景色突變，卻是嘯天吠已經躍進半空之中。

烈風在耳邊呼嘯不停，我腦中想著富燈那番話，那套招牌服裝，嘴角不禁微微勾起。

我本以為自己會把甚麼招牌服裝拋之腦後，但在羅馬安頓後，我竟然真的換上一套新服裝。

紅襯衫，黑領帶，黑褲子。

穿在身上，原來感覺不錯。

跬跨

第五十七章——羅馬教庭

第五十七章 羅馬教庭

梵蒂岡是世界上最小的國家，也是天主教最高行政機關，羅馬教庭的根據地。

不過說是國家，梵蒂岡其實也不過是一佔地不足二分一平方公里的地區；身處羅馬城中，四面皆有城牆，但連接聖彼得廣場的牆身都有諸大通道，也沒設邊境關卡，開放供人車出入。

聖彼得廣場的盡頭就是梵蒂岡最主要的建築物，也是世上最大的教堂，聖彼得大教堂。

聖彼得大教堂外形宏偉氣派，中央穹窿鶴立而起，足有過百米高，即便於城外遠方也能看得清楚；大教堂正門立了一巨大男子石雕，神情氣勢不凡，卻是傳說埋葬在大教堂底下，耶穌座下十二門徒之一的彼得，大教堂和廣場亦是因他而名。

這聖彼得大教堂平日開放給遊客出入，負責守衛的也不過是為數百多人，身穿古紅藍橙三色裝束的「瑞士近衛隊」。

這百來名士兵皆是來自瑞士的青年，配給武器只有一柄瑞士長戟，現代槍炮橫飛，長戟這種冷兵器自然功用不大，近衛隊不過是做個樣子，平日主要工作名義上是保護教宗，其實是給遊人拍照留念。

不過，這只是梵蒂岡的表面實力。

在梵蒂岡底下約三十米深的地底，有一個比梵蒂岡還要大的空間。

這空間乃是羅馬教庭真正後盾，殲魔協會的總部，大衛星地下城。

大衛星地下城每一處都是燈光通明，空氣流通，走在其中，也不覺身處地底。

地下城不像地面的梵蒂岡，沒有甚麼宗教崇拜建築，整個地下城以大衛六芒星作區劃，上三角自左至右分別是會員居所，訓練間，科技研究室，而下三角和上三角有著同樣的設施，只是上三角乃「殲捕」二組的地方，下三角則是「狙驅」兩組的居所。

地下城最多能容納五萬人，一般時候，則有三萬人在此駐守，因此梵蒂岡表面脆弱不堪，實質上卻有重兵守護。

除了正中心有一通天通道連接聖彼得大教堂，地下城的中心六角地區乃是一個議會大樓，每當有得悉殲魔協會存在的他國元首會見教宗，都會在這地下論壇商討大事。

此刻地面已是半夜，月下星沉，但大衛星地下城卻仍有人未睡，因為中央論壇其中一間討論室內，正展開一場激烈的討論。

偌大的圓桌上，坐了九人，另外沒人的座位，卻都有一副螢光幕，顯示著不能親身出席的人。

連同身處遠方在作視訊通話的，圓桌上總共有二十八人出席會議。

這二十八人，無一不是大國元首及擁兵無數的軍閥，他們共聚一堂，實是難得的奇景，而此刻這二十八人，正在爭論一事。

一件，將會動盪全球的大事。

「很抱歉，殲魔協會和撒旦教的爭執，我們黨決定不插手。」螢幕上，一個頭髮灰白，操著一口美式英語的中年男人認真地說。

「嘿，你想反悔？」另一螢幕上，一名用白布纏頭，滿臉鬍子的中東男人冷笑道：「當初要不是我們組織把世界中心撞毀，讓你有藉口攻打阿富汗，你家族怎能奪取那麼多資源？」

「我知道，我承諾過會無條件幫助協會，可是現在我們不是執政黨，能作的極之有限。」中年男人攤攤手，作無奈狀，「再說，那事件令我黨的名聲下跌，才會令那小子有機可乘，當上總統。」

「那是你處理手法的問題，能怪誰？」中東男子依舊是那副陰森森的樣子，「現任國防部長不就是你提名的嗎？他多少能影響局勢吧！」

「哼，那傢伙是我黨一手提攜，表現一向忠誠，怎知道原來當年越戰，他已被撒旦教暗地裡收歸旗下。」中年男人搖頭說道：「所以我不是不想幫，而是不能幫！」

「不要緊，美國不能出手，但我們可以。」一名坐在圓桌上，樣子英偉，神情卻冷漠異常的男人說道：「我代表俄白聯盟，全力支持『新獵巫行動』。」

「嘿，你們這些俄人的話能信嗎？」中東男子冷笑道：「當初你們違背承諾，侵佔阿富汗！各位，小心歷史會重複啊！」

面對冷嘲熱諷，俄國男人仍是那副撲克臉，不慍不火地道：「那是前蘇聯所策動，與現在的俄羅斯沒有關係。」

中東男子還想反唇相譏，坐在圓桌正中，一個年齡老邁，身穿雪白主教裝的老人忽然淡然說道：「你們別吵！」

眾人聞言，立時肅靜下來。

「現在不是內哄的時候，距離日本青木原火災已經快一星期，這幾天撒旦教潛伏在世界各地的勢力也蠢蠢欲動，某些國家邊境，更開始有零星的戰鬥。」老人睜開厚重的眼皮，輕輕一掃全場，問道：『前恩舊仇先放下，當務之急，乃是為『新獵巫行動』達成共識，再拖下去，只會讓撒旦教有機可乘！」

說罷，老人便向中東男子問道：「你們亞義達組織願意發動戰爭？」

中東男子原本還氣在心頭，但聽到老人問話，只是瞪了冷面俄人一眼，然後點頭道：「亞義達願意替協會製造出兵機會！」

老人微笑點頭，又朝冷面男人說：「那麼總統先生剛才的說話還有效嗎？」

「有效。」冷面男人點點頭，臉上仍然不動聲色。

「很好。」老人呵呵一笑，轉頭跟那美國人道：「晚一點，我會讓人把撒旦教的人員名單送給你。你們先掃清黨內的臥底再說吧。」

那中年男人點了點頭，便沒再說甚麼。

這時，老人又對著另外一個螢幕問道：「不知道新教長老會，對這行動有甚麼意見呢？」

這次老人的交談對象不再只是一人，但見螢幕中有數名身穿主教裝，或穿牧師裝的男女，並聚某處一所房間內。幾人聽到老人的話，激烈地討論好一會兒後才達成共識，安靜下來。

一名作為代表的男人走到鏡頭前，點頭道：「我們新教長老會願意全力支持這次開戰！」

「我代表所有天主教徒感謝你們！」老人點頭微笑罷，向圓桌另一邊的一名男人問道：「那麼，君士坦丁牧首的意思是……」

「東正教會願意全力協助天主教及殲魔協會。不過，」男人身穿和老人相似的主教服，若有深意的道：「首先請教宗你為天主教在八百年前，參與十字軍東征，攻下君士坦丁堡一事，公開致歉。」

一直在默不作聲，坐在教宗身旁的塞伯拉斯，聽到牧首的話，眉頭忍不住皺了一下，又過了片刻，他卻以幾不可見的幅度，微微點頭。

老態龍鍾的教宗也不知看到沒有，只是在三頭犬點頭後，他便向君士坦丁牧首道：「我答應你的條件。」

君士坦丁牧首聽到教宗的答案有些許錯愕，但最終還是語氣誠懇的道：「感謝教宗的大度。」

教宗微笑揮手，又向另外一名架著眼鏡，用灰布在頭頂包了一個包子的印度男人問道：「總理先生，你願意向我們伸出緩手嗎？」

那印度人還未回話，另一名同樣戴著眼鏡，但穿著一身西裝的男人忽然搶著道：「巴基斯坦一定全力協助，但我希望印度政府能夠停止對伊斯蘭教徒的暗中阻擋。」

「哼，我才想說要你們把那大批穆斯林撤走！」印度人冷哼一聲，道：「教宗，我們的條件就是把一半居住印度的穆斯林趕回去！」

「嘿，穆斯林有甚麼得罪你了？」先前那個中東男人忽然插嘴，冷笑道：「難不成你希望像鄰國一般，隔月就有一次『人體煙花表演』？」

印度人勃然大怒，一掌奮力拍在桌上，喝道：「你再說一遍，我立馬開戰！」那中東男人絲毫不懼，氣得那印度人幾乎想要上前把螢幕打破。

二人唇槍舌劍之際，一直沉默寡言然的冷面俄漢突然加入戰團，對那中東人也冷嘲暗諷一番。接下來，那些本來置身事外的元首領袖，也因為被挑起和他人的舊怨，相繼續加入，最後二十多人互相指罵，吵得面紅耳赤。

老人竭力喝止，但眾人的吵罵聲卻把他的聲音完全掩蓋，坐在他身旁的塞伯拉斯，一雙濃眉皺得幾乎連成一線。

我一直站在他倆身後，看到眾人吵鬧，心知短時間定難停下，便找個藉口離開。才離開會議室，我便立時拉開領帶，舒一口氣。

此次會議，目的是能盡快達成共識，聯合執行「新獵巫行動」，只是會議已舉行了差不多二十小時，但爭拗良久，大家還是各持己見。

出席會議的，盡是殲魔協會的會員國或會員組織首領。

有別於撒旦教的鐵腕控制，殲魔協會和各地勢力採取合作形式，也只有權力的最核心人物，才知道殲魔協會的存在。

這些勢力雖然大部分都由殲魔協會培植和發展，但協會並不強行控制，只是會提供技術及人材，有時候遇到棘手的事，就會動用旗下武力解決；這些勢力得到殲魔協會的扶助，自然在根據地一帆風順，當這些勢力羽翼已豐，必要時便能反過來協助殲會。

殲魔協會也故意暗中製造一些矛盾，讓這些勢力相互抑制，而且彼此間的競爭，便令這些勢力都自發地力求改進，提升自身實力。

不過，這種培殖勢力方式有利有弊，雖然如此放任勢力自行發展，人數上會遠比撒旦教的秘密收歸方式人數為多，但由於組織各有領導，不免會有一些磨擦以及紛爭，像此刻聚在一起，商討對策，便會有較多爭拗。

「哈哈，終於忍不住，走了出來？」才離開會議大樓不久，一人忽然在我身後笑道。回頭一看，只見與嘯天伴隨而行的楊戩正對我報以微笑。

「是啊，想不到這種會議是如此沉悶，害我都浪費了許多時間。」我苦笑道。

「他們還未有共識嗎？」楊戩帶著嘯天，和我並肩而走。

「現在正吵成一團，恐怕一時三刻都不會有結果。」我疑惑的問道：「他們這副模樣，真的能對抗撒旦教嗎？」

「『新獵巫行動』會影響全世界所有人類魔鬼，因此不能太過倉卒決定。」楊戩自信一笑，

「但你大可放心，義父他自有方法，讓這些勢力通通點頭。」

看到他充滿信心，我雖不明白，但也沒有多問。

「對了，其他人呢？」看楊戩孤身一人，我便向他問道。

「羽和武藏正在上三角訓練間與鄭子誠修練，林源純則在下三角和一般驅魔人、狙魔士訓練。」楊戩答道

子誠身為魔鬼，實力不低，自能與宮本武藏及項羽對抗，相反林源純本身只是名普通警察，身手一般，只能接受較低級的訓練。

提起林源純，我心底不禁閃過一絲陰霾。

昨天當我們到達梵蒂岡不久，林源純便主動提出加入殲魔協會。

為報夫仇，她加入殲魔協會我能理解，只是才加入協會，林源純突然要求裝上「笑笑之瞳」，變成魔鬼，增強實力。

雖然林源純以提升實力為由，但我卻隱隱覺得她的真正目標，除了撒旦教，就是令她被子誠所姦的我。

林源純本是凡人，我要控制她自然易如反掌，但「笑笑之瞳」防守一絕，萬一她裝上魔瞳反抗的話，我定必手忙腳亂，難以應付。

幸好殲魔協會對魔瞳一向有嚴格的保管系統，也鮮少讓會員成魔，因此楊戩等人並沒即時答應她的要求，只是讓她先作基本抗魔訓練再說，不過這樣一來，令我不禁對她倍加留神。

我本打算讓子誠裝「笑笑之瞳」，以絕後患，但他得知林源純的意向，便堅決拒絕。

「我得想一個辦法，讓林源純不生異心。」走向藏書樓的途中，我心裡暗暗打算。

藏書樓位於中央六角區的另一邊，楊戩與我走到半途便有事離開。

我獨自來到藏書樓，守門的侍衛認得我是塞伯拉斯的人，沒多問便放我進去。

這座藏書樓佔地不少，樓內是一排排足有兩層樓高的書櫃。我往裡頭走，越過數座書櫃，便突然在其中兩座櫃間，見到一人坐在地上，埋頭苦讀，周遭堆滿打開了的典籍，正是瑪利亞。

藏書樓除了收藏羅馬教庭歷來的重要機密文件，還有許多被古代君士坦丁大帝斷定為偽經或次經的典籍。

雖然這些典籍被剔除於正統聖經外，但不少也記載著耶穌的事蹟，只是和流通的福音不同，這些典籍中所描述的耶穌比較人性化。

我們剛到達大衛星地下城，瑪利亞便急不及待翻閱以亞拉姆語所寫的聖經，只是四福音書皆有出入，又和她所認知的似乎有所不同，因此並沒勾起她太多記憶；後來當她翻閱這些次經，卻發現當中描述，和她腦中所殘存的記憶較為吻合，因此她翻開一看，便不能自拔。

雖已翻看了一整天，但瑪利亞依舊看得入神，我喊了她好幾聲，瑪利亞才回過神來，抬頭看著我淡然笑道：「你來了。」

「有甚麼收穫嗎？」我坐在瑪利亞身旁，柔聲問道。

瑪利亞闔上手中書本，輕輕嘆道：「我記起許多事，許多人。耶穌、他十二位弟子、那位和我同名的女子，還有撒旦……」

「你想起撒旦了？」我連忙追問。

瑪利亞點點頭，道：「有，不過關於撒旦事蹟的經文很少，我只記得他曾經和耶穌，在曠野激戰了四十天。」

「瑪利亞，你記得是甚麼原因引發這場戰鬥嗎？」我想了想，問道。

聖經對此事有所記載，不過那版本只是以「耶穌絕食」、「受魔鬼試探」等字眼隱隱帶過，想不到那個魔鬼指的是撒旦，二人更曾激烈戰鬥。

我記得拉哈伯說過，耶穌和撒旦後來本打算舉行一場公開死戰，以決定天使大戰的最終結果，只是撒旦被薩麥爾所殺，這終極一戰才會告終。

至於這四十天之戰，我卻從未聽聞。

「我記得，他們是在爭論一事。」瑪利亞秀眉輕蹙，沉思片刻，忽道：「耶穌，他不想再受撒旦控制。」

我不解的問道：「耶穌不是天上唯一的兒子嗎？怎麼會受撒旦所控？」

「我想不起來……有些典籍說我兒子只是先知，是若瑟和我的孩子，有些則說他是甚麼聖靈感染我後所生。」瑪利亞說到這兒，忽然頓了頓，才續道：「不過，這兩種說法都勾不起我半點回憶。」

我大為詫異，急問道：「那到底誰才是耶穌的爸爸？」

「我想不起來。我只依稀記得，孩子的爸是一名力量強大的人……很強很厲害，但又不像是天上那位，抑或是若瑟。」瑪利亞無奈說道：「我記得，若瑟是我名義上的丈夫，但由始至終，我們相敬如賓，並無夫妻之實。」

瑪利亞的話讓我感到無比震撼，雖然當今世上，有不少教派也認為耶穌只是一名普通的先知而非「神之子」，但一直以來，即便是拉哈伯等魔鬼，皆認定耶穌就是天上唯一的兒子。

要是耶穌只是一介凡人，絕不可能率領天使軍，展開第二次天使大戰；即便他真的只是先知一名，但也該是若瑟所出，可是瑪利亞作為他的母親，卻說出了另一個顛覆我所知的版本。

這個不知名的耶穌生父，到底會是誰？撒旦又何故要控制耶穌呢？

這些問題的答案，也只有瑪利亞，以及那神秘莫測的孔明才會知道。

此刻瑪利亞雖然在我面前，但她記憶未復，一時也解答不了我的疑惑，唯有等她再多看些典籍，回復更多記憶再作打算。

現在『地獄』已在我身，我只希望孔明真能履行諾言，再次出現。

我知道再問下去也問不出甚麼，所以便讓瑪利亞繼續看書，然後仰頭喊了一聲：「莫夫！」

一語剛休，一條黑影突然從二樓躍下到我的面前，正是莫夫。

先前我們離開日本，我便吩咐莫夫交付好太陽神教的事，便往梵蒂岡來。烈日島地處非洲和歐洲間的海域，前往梵蒂岡自然比去日本近得多，我們到達時，莫夫早已等了兩天。

這次隻身前來，莫夫亦有將「消匿之瞳」和「虛實之瞳」一同帶來。

原本我打算把其中一顆魔瞳交給子誠，讓他安上，畢竟他的「追憶之瞳」於戰鬥中作用不大，可是他先前打算把「笑笑之瞳」轉讓給林源純，所以我最後還是把這念頭壓下來。

「主人。」莫夫恭敬應道。

「你有找到任何關於神教的記載嗎？」我問道。

「很抱歉，我還未找到。」莫夫一臉慚愧，低頭說道：「這些典籍都沒有提過神教。」

「不用太過自責。」我拍了拍莫夫的肩，安慰道：「這裡藏書萬卷，一時之間找不到，也是正常。」

和莫夫會合後，我便吩咐他跟隨瑪利亞來藏書樓，除了想他擔當瑪利亞的護衛，我還讓他翻一下書，看看能否找到關於太陽神教的線索。

我曾問項羽從哪兒得到那塊八角鐵片，但他卻說那是他們項家流傳下來的信物，他也不知來歷，只是祖先讓他好好收藏，他才一直放在身上。

項羽本想取回八角鐵片，但我推說鐵片還在妲己身上，他也只好作罷。

「這太陽神教，也實在是太過神秘。」我看著二樓的書海，皺眉說道：「你找了一整天，竟然也不能找到半點線索。」

「畢先生，遇到甚麼難題嗎？」一把蒼老的聲音突然從大門那邊傳來。

我轉身一看，只見教宗正站在門前，笑意盈盈的看著我；他身旁站了一人，架著眼鏡，身材高大瘦削，看起來卻渾身是勁。

我知道那高瘦漢子是教宗的近身侍衛麥斯，現在我沒了魔瞳，聽覺遠不如先前靈敏，聽不到麥斯的腳步也是正常，但那年老的教宗，腳步也輕得讓我完全聽不見，卻讓我頗為意外。

「教宗，會議完了嗎？」我看著他笑問。

「呵呵，還沒有，只是那幫傢伙還吵得越來越火大，我便暫停會議一個小時，讓他們冷靜一下。」教宗笑道。

先前在會議室內，他一副垂暮昏老的樣子，說話總是沒精打采，怎料他現在出來了，卻像是換了一副臉，神態輕鬆活潑。

這時，只聽得他問道：「剛才我聽見你們在找甚麼典籍，要我幫你一把嗎？這兒的書本，我都幾乎讀過一遍。」

塞伯拉斯沒有向教宗說明我們的身分，只道是他的朋友，教宗可能以為我也是頭老魔鬼，說話間態度頗為客氣。

原本我怕會擔心露出底蘊，不過這兒的藏書實在太多，我和莫夫只得兩人，也不知要找到甚麼時候，想了想，最終還是開口問道：「你可有聽過太陽神教這組織嗎？」

「太陽神教？」教宗想了想，眼中忽閃過一絲精光，笑道：「我想我可能知道！」

「你知道？」我有喜出望外。

「呵呵，太陽和我們天主教，關係不淺。」教宗笑說罷，便帶著我和莫夫走到藏書樓的最盡頭。

瑪利亞坐在地上一整天，覺得手腳有點僵硬，也跟了上來。

書樓盡頭，有一扇木門，教宗吩咐一聲，麥斯便從懷中取出一條打造精美的鑰匙，把門打開。

麥斯開了燈後，教宗便率先走進去。

那是一間方形小室，裡頭三面也有書櫃，但每一座書櫃皆有上鎖了的鐵板蓋著。

教宗讓麥斯把書櫃打開後，便向我們微笑道：「你們要找的東西，應該在這兒。」

櫃上書卷年代久遠，可是每一卷手工精美，卷子兩旁繫有紅繩，紙張封面燙上金印圖騰，那圖騰似乎是皇家的標誌，我卻不認得。

教宗似乎看到我臉上疑惑，便笑著道：「這些全是君士坦丁大帝，和他人來往的書信。」

「我知道君士坦丁大帝是基督宗教歷史上，一個重要人物，他把基督教立為當時羅馬國的國教，基督教自此大行其道，影響力登上高峰。」我皺眉問道：「不過，不知這君士坦和太陽神教有甚麼關係呢？」

「君士坦丁大帝的確是基督教中，一位舉足輕重的人物。」教宗沒有回答，笑道：「畢先生，你可知道他生前所屬教派？」

「不就是基督教嗎？」我奇問。

「呵呵，那只是他死前才改信。」教宗笑道：「雖然君士坦丁大帝把基督教立為國教，但其實他原本是無敵太陽教的信徒。」

「無敵太陽教的信徒？」我皺眉疑惑道：「這無敵太陽教和太陽神有關係嗎？」

「且聽我說下去。無敵太陽教乃是基督教之前的羅馬國教。君士坦丁大帝，則是該教的大祭司。」教宗說著，從書櫃中拈過一卷幼細的信件，交給我道：「不過，無敵太陽教雖為國教，但羅馬帝國一直有不少基督徒，人數還不斷急升。由於基督教奉行獨神論，不容許有他神存在，因此兩教教徒常有激烈衝突，這成為當權者最感頭痛的問題。」

我一邊聽著教宗的話，一邊拉開那金漆書信，快速翻閱，發現那是君士坦丁大帝向當時無敵太陽教教主以及基督教主教的信件，內容大概是請二人前往宮殿，商討合教事宜。

「合教？」我不解地問：「教宗大人，這信上說的『合教』，是怎麼一回事？」

「呵呵，這就是我接下來要說的話。君士坦丁大帝上位後，知道這教派衝突一天不除，國家終究會出問題，於是便立法禁止教派互相迫害，後來更把國教更為基督教。」教宗轉身，看著我，笑道：「不過，國教轉變，非同小可，為了減少原本無敵太陽教信徒的不滿和反彈，君士坦丁大帝便召開會議，修改基督教的經典和教義，或減或刪，這當中增添的部分，卻有不少來自其他宗教。」

說到這兒，教宗忽然頓了頓，笑問道：「你們知道一週七天吧？」我們都點點頭。

「那一週之中，哪一天是週首，哪一天是週末呢？」教宗又問。

「週日是首，週六是末。」我想了想，答道。

「根據聖經記載，上帝創造天地，用了六日，接下來又休息一天。」教宗看著我，笑道：「那麼，依照聖經的指示，這安息日應是一週中的哪一天呢？」

「應該是週六。」我沒有多想便答，「因為週六是實際上的第七天。」

「那現在的教徒，是在哪一天作安息崇拜呢？」

「週日……啊！」說到這兒，我忍不住拍一拍手，驚訝的道：「週日的英語是『Sunday』，也就是太陽日意思。難不成，這一天和無敵太陽教有關？」

「呵呵，你說得沒錯，其實週日的英語源於拉丁文『dies solis』，同樣也是『太陽日』的意思。無敵太陽教徒視太陽日為神聖的一天，教徒通常在這天進行崇拜，為了讓無敵太陽教徒接納基督宗教，於是君士坦丁大帝便頒佈法令，把基督教的安息日，也就是週六，訂為假日。」教宗解說道：「如此一來，當時人民每週便有兩天假期，兩天安息日，週六紀念上帝創造，週日紀念耶穌復活。後來過了百年，羅馬一位當權者，打壓基督教，便立法把週六假期刪去，只剩星期天為法定安息日。」

「想不到安息日背後，竟有如此典故。」我恍然大悟說道。

「其實除了安息日，還有耶誕等事，都受到無敵太陽教所影響。」教宗說到這兒，忽道：「至於畢先生你所找的太陽神教，應該是無敵太陽教的同宗教，甚至是母教。」

「我不太明白教宗大人的意思。」我一臉不解。

「天下教派千萬，關係錯綜複雜。這無敵太陽教，據說源自波斯拜火教。無敵太陽教一直和拜火教的人有所聯絡。不過從他們通訊書信中，曾經出現過『神教』、『母教』等字眼。」教宗說著，又從櫃中取過數卷書信。

我接過書信，快快看了，果真發現裡頭都有提及過「神教」、「母教」，但內容只是說這「神教」派人去拜會他們，希望無敵太陽教和拜火教能協助「神教」復興，但君士坦丁大帝和拜火教教主也藉詞拒絕。

雖然有數卷書信，但內容重複，沒有多提甚麼。

太陽神教的確在公元年間便隱居起來，暗合信上式微之說，但我還不能肯定信中那神教，就是我所認知的太陽神教。

「教宗，還有更多君士坦丁大帝和拜火教的書信嗎？」我看了一會兒，也沒有太多發現。

「很可惜，畢竟古時交通不便，波斯和羅馬各據一方，他們的來往書信，也只有你手上這些。」教宗無奈說道。

「嗯，那也是無可奈何。」我略感失望，把書信放回櫃中的空位，「教宗大人，我們可以在這兒多逗留一會嗎？」

「呵呵，當然沒有問題，只要把看完的書放回原位就行。」教宗呵呵笑道。

這時，教宗和麥斯告辭，正想離開小房間，忽然「啊」的一聲，道：「我想起來了，君士坦丁大帝還有一封離奇書信。」

「離奇書信？」

「對，一封沒有署名的書信。」教宗語氣神秘的道。

「有人曾從君士坦丁大帝身邊一名近身侍衛的日記中，得知君士坦丁大帝曾接見過一名東方少年。」教宗走回書櫃前，仔細找尋起來，「不過，那侍衛日記提到，每次接到那少年的書信，君士坦丁大帝都會立即把信件燒掉，而且從不回信。唯一一次例外，就是君士坦丁臨終前，收到最後一封由東方來的信件，但卻沒有燒燬。」

「哈，找到了！」教宗忽然一笑，然後抽出一封薄薄的信紙。

我才取過信紙，便即發覺這信紙和先前的不同。

先前那些全是西方所用的書卷，但我手上這封，一看就知是古代中國常用的紙張。

我心中大奇，把信紙攤開，信上沒有寫上片言隻字，只有一個圖案。

一個由墨筆所勾勒出來的圖案，一個我曾經見過的圖案。

雙圓八角，正是太陽神教教徽！

「啊！」一直站在我身旁的瑪利亞，看到信上那太陽神教教徽，忽然雙手抱頭，痛呼大叫一聲，幾要跪倒地上。

我急忙把她扶住，緊張地問：「怎麼了？」

「這圖騰……我認得這圖騰！」瑪利亞閉目竭力回想，神情痛苦的道：「這是……這是太陽神教！」

「你也認識太陽神教？」我聞言一奇，把她扶到椅上，柔聲道：「先深呼吸，鎮定下來。你還記起甚麼？」

瑪利亞用力搗頭，喘著大氣，過了好半晌，忽然睜眼看著我，說了一句令我意想不到的說話。

「我記起來了……」瑪利亞眼神澄明的看著我，淒然道：「耶穌的生父，就是他……太陽神教教主！」

我聞言一愕，正想追問下去，突然間，整個書房藍光大放，閃爍不停，同時一陣震耳欲聾的警號聲從四方八面傳來。

教宗聞號，神情一怔，他的侍衛麥斯沒等他吩咐，便跑了出去，不到片刻，又氣急敗壞的回來。

「外面發生甚麼事？」教宗換下笑臉，神情嚴肅的問麥斯。

「教宗大人，不好了！」麥斯一邊架著眼鏡，一邊焦急的道：「撒旦教……正在入侵地下城！」

第五十八章——血戰聖座

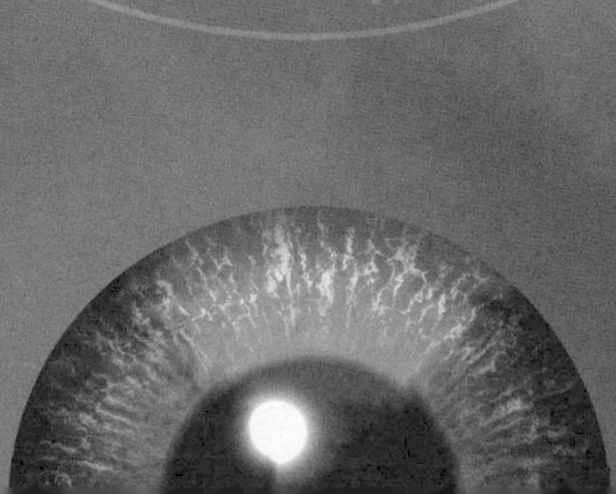

第五十八章　血戰聖座

「怎麼可能？」教宗聞言一驚。

「我也不太清楚，但四名目將早已出發前往中央出入通道，據說敵人很快便會從那兒攻下來！」麥斯焦急的道。

教宗一臉難以置信，這時我搶先說道：「教宗，我去看一下情況，你就留在這兒，以免受到波及吧。」

教宗沉思片刻，終於點了點頭，同時又讓麥斯去找些人來加強守衛。

我讓莫夫留下來保護瑪利亞，便獨自出去打探情況。

離開藏書樓，四周依然藍光閃爍，警號大作。

才走了一會，我看到一隊裝備十足的殲魔戰士，忽從訓練場出來，前往六角大樓中心。

我隨著他們，來到中心的升降通道前，只見四名目將早已到場戒備，子誠也在旁守候。

這升降出入間足有數十平方米大，正中心有一巨型圓柱伸展上天，正是連接聖彼得大教堂的升降平台管道。

四名目將站在升降平台門口前，雖然各自手執兵器，但神態輕鬆自若，渾不似大戰在即。

四人站姿隨便，身上氣勢似有還無，感覺上連那些殲魔士也不如，但我知道這是因為他們修為爐火純青，氣勢能收斂若無，返璞歸真。

「怎麼了？」我走到子誠身旁，小聲問道。

「撒旦教憋不住氣，派兵直接攻打地下城。」子誠答道。

「當真？」我皺眉問道：「他們竟連這兒也尋上了。」

「咱們地下城一直有監視器觀察梵蒂岡的一舉一動，但剛才那些監視器突然一個掉一個的壞掉，因此觸發了地下城的警號。」項羽瞪著緊閉的升降平台大門，冷笑道：「以項某看，不消一會，他們找不到教宗，自然會發現這地下城。」

「但怎麼這裡只有一隊守衛？」我看了看身後神情嚴肅的戰士們，又問道：「對方有多少人？」

「他們只來了五人。」楊戩忽然答道：「正是『七罪』之五。」

楊戩一直坐在地上，雙目緊閉，只打開額上魔瞳，似乎正在觀察地面的五人。

「他們是僅餘的五名『罪』，看來薩麥爾很隆重其事，盡派精銳。」我頓了頓，笑道：「不過，這地下城有那麼多戰士，只派五人來，他們也托大了點吧？」

「這大衛星地下城乃是殲魔協會的總部，守護嚴密，消息封鎖得密不透風，就算得悉位置，也難知底蘊。」楊戩笑著說道：「他們可能不知地下城養兵三萬，以為只是教宗匿藏之地，所以才會派五人來。不過既然有此機會，就教他們能進不能出！」

此時，一直垂手閉目養神的宮本武藏，虎目忽地睜開，瞪著升降柱頂端，淡淡的道：「他們下來了。」

一語未休，大管道的頂部忽然傳來一些聲響，卻是升降平台開始從地面降下來。

我雖運用不了魔瞳異能，但有了『地獄』的極速自癒能力，至少性命無憂，因此我決定留下來，助他們一把。

我從牆上取過一雙端士長戟，雖然只是裝飾品，但長戟卻早已開鋒，頗為銳利。

由於我不擅使長兵器，於是我便把兩支長戟折斷成半，只取帶刃一端，成了一對短戟。我雙手各握一支，比劃一下，也能將就使用。

眾目將先前雖然神態輕鬆，但此刻敵人將臨，身上猛地流露出驚人殺氣，紛紛戒備起來。

項羽手執長槍，宮本武藏左右分握大小太刀，子誠從腰間拔出刃槍，槍管瞄準升降平台，連嘯天犬也長嘯一聲，化為四五米高的巨獸，齜牙咧齒起來。

楊戩挽著三尖兩刃刀，才站起來，忽然「噫」的一聲，訝異的道：「有古怪！」

「甚麼古怪？」項羽濃眉一皺。

「升降平台中的視點正在增多！」楊戩聚精匯神，額上魔瞳紅光閃爍不停，「六人、七人、八……不行，裡面突然多了很多人，全都是殺神戰士！」

項羽當機立斷，馬上回頭吩咐一名殲魔師，道：「快！將警戒級別提升至黑色！調一半人手來支持！」那殲魔師自知時態嚴重，連忙退出中央廣場，尋求支援。

「升降平台裡頭，已有數十來人，而且數量還一直有增無減！」升降平台緩緩降下，楊戩的神色卻越來越凝重。

「這些人怎麼會憑空出現？」我奇道：「難道是其中一罪的魔瞳能力？」

「若然我沒看錯，那些殺神小隊，全是由其中一罪的口中吐出來。」楊戩皺著眉，說道：「就是那個身材矮瘦的老人。」

「那傢伙是『饞』。」我想起東施的話，又問項羽：「項霸王，你潛伏撒旦教多時，知道這傢伙的能力嗎？」

卻見項羽搖頭，道：「『七罪』屬於薩麥爾的私人部隊，沒有資料提及，連那份名單也沒有紀錄，項某也只是被薩麥爾接見時，見過其中一人，因而得知。」

「管他有何能力，來多少，殺多少。」宮本武藏淡然說道。

聽到人數大增，宮本武藏依然臉無懼色，只是把上衣鬆開，顯露一身精壯肌肉。

「來了，總共有一百人。」這時，劍眉幾乎皺成一道的楊戩，終於睜開雙眼：「一百人是升降平台的最大容量，我猜他們攻出來後，還會不斷吐出更多生力軍。」

「要是讓他們離開這兒就麻煩了，各國首領還在，不能讓他們出意外。」項羽瞧了身後那隊殲魔戰士一眼，笑道：「這兒只有五十人，雖然不大夠看，但好歹也要熬到支援到來。」

說罷，項羽便指揮一眾戰士，分成十隊，佔據不同位置，我們沒有槍械的，則退守在出入間的唯一出口。

那些戰士也是訓練有素，臨危不亂，項羽指令一發，戰士們迅速依令分散，並架好武器，指著升降平台的大門。

這時，升降柱的螢幕顯示，升降平台還有十米就會來到地底。

我和其他人一樣，屏息靜氣，全神貫注地看著升降柱的大門。

耳中，則等待那升降平台到達的提示聲音。

叮。

幾乎在同一瞬間，所有殲魔戰士都扣下板機，無數子彈拖著銀色尾巴，猛地朝升降平台轟去！

整個出入間突然火光閃現不停，槍聲連環響起！

雖然升降平台的大門還未完全打開，但戰士們毫不保留，把所有火力統統集中一起，因為他們要扼殺對方任何一絲走出來的機會！

五十柄火力強大的步槍齊發，霎時之間，整個出入間煙霧瀰漫，令我難以視物。

每一記槍聲過後，都有一枚彈殼跌落鋼板地上，引起清脆的金屬碰撞聲，兩聲連還交替，此起彼落，雖然毫不動聽，但兩者卻有一種固定規律，相互交織起來，彷彿就是一章死神樂曲！

子彈排山倒海的撕毀升降平台，但機廂中的撒旦教眾卻由始至終沒有任何反抗舉動。

如此不停開火了差不多兩分鐘，項羽忽然喝了一聲「停火」，殲魔戰士便同時停手。

槍火暫緩，眾人站在原地，全神戒備，但升降平台內依舊沒有絲毫動靜。

煙雲未散，我們一時之間也看不到升降平台的情況。

「怎麼他們完全沒有動作？」我心下奇怪，悄聲問楊戩道：「難道全都死在槍火之上？」

「不，他們還未死。」楊戩詫異的道：「雖然他們全部閉上眼睛，讓我甚麼也觀察不到，但升降平台之中的視點並沒有減少！」

「怎麼可能，就算是再堅硬的盔甲，也不可能抵擋到這無間斷的銀彈。」項羽皺眉思索片刻，說道：「除非，升降平台的大門由始至終都沒有打開，以大門的防彈厚道，才有可能絲毫不損。」

「升降平台大門？」聽到項羽的話，我忽然醒悟道：「對了，就是大門！大門沒有打開！」

「這不可能，大門開關由中央電腦獨立操縱，升降平台裡頭完全控制不了。」項羽連連搖頭。

「他們不是控制開關，而是強行令大門開不了。」我急忙解釋：「李鴻威的『烙血之瞳』能令血液堅硬勝鐵，連炸彈也毀不了。他定是在門縫上塗上一道血痕，鎖住大門！」

項羽聞言一驚，連忙向一眾戰士喝道：「快，重新開火！」

「太遲了。」

一道冷酷的男聲忽從升降平台那邊傳來，顯然大門已經打開！

聲音剛起，數團黑影同時自升降平台裡跳出來，躍騰於半空之中！

一眾殲魔戰士料不到突然會有這麼多人閃出，手上不禁稍緩下來。

「繼續向升降平台發射！」項羽怒吼一聲，道：「這些傢伙讓我們應付！」

說著，項羽提槍，一個翻身，便朝那些黑影們衝去！

聽到項羽的喝叱，殲魔戰士立時重新朝升降平台集中開火，可是他們剛才的遲疑雖短，卻已令對方乘虛而入，因此幾乎在同一剎那，兩邊的槍火都猛烈地展開！

霎時間，出入大堂再次充滿煙鎖和火光，但雙方開火後片刻，我卻察覺到當中有些不妥。

「怎麼呼痛聲盡在我們這邊發出來？」我皺眉說道：「他們那邊有人中彈嗎？」

楊戩魔瞳一張，默言片刻，忽然驚奇道：「沒有死傷！」

我聞言大感疑惑，這時子誠忽然指著升降平台，大叫一聲：「你們看！」

因為升降平台大門打開，使機廂中的抽風系統能抽掉周遭煙霧，讓四周情況變得明朗。

我順指一看，只見那些殺神部隊的衣服表面，以及臉上臉具，全都是鮮紅如血，我方的子彈雖以純銀所製，但竟然無一能貫穿那層血紅，只能約略損毀表面！

殺神部隊本來人人滿手鮮血，殺氣沖天，此刻渾身鮮紅，感覺更為肅殺可怖，我只見身邊不少殲魔戰士，皆望而生畏。

不怕子彈所傷，那些殺神部隊便有恃無恐，一邊開火一邊迅速四周分散，騰出更大空位，讓「饞」吐出更多士兵。

「他們那邊的人數不單沒有減少，而且還不斷增加！」子誠眉頭一皺，頗為著急的道：「這樣下去，敵長我消，他們定必能攻出去！究竟那層鮮紅是甚麼特殊物料？竟如此堅硬！」

「那些是李鴻威的鮮血。」我看著那些「血戰士」冷笑一聲。

「又是那廝。」子誠聽見殺妻仇人的名字，立時怒氣大盛，咬牙切齒的道。

「冷靜。那傢伙實力不弱，你想替妻子報仇，千萬別輕舉妄動。」我向子誠勸說罷，便繼續解釋：「李源威發動異能後，其血之堅，連炸彈也難損分毫。他把血塗在士兵身上，無疑成了一層最厲害的防護膜！」

「哼，最厲害的防護膜？可不見得！」

楊戩劍眉一揚後，忽然笑道：「嘯天！」

嘯天犬和他心靈相通，楊戩的呼喚剛起，嘯天犬便立時仰天一嘯！

震耳欲聾的嘯聲響起，我只感心頭猛烈一震，場中眾人手上也都緩了一緩。

嘯聲過後，我稍微回神，便看到那些殺神部隊身上的鮮血，再也不能抵擋子彈！

嘯天犬的嘯聲具有奇效，能令魔瞳異能瞬間失效，牠剛才如此一嘯，自然令李鴻威的「烙血之瞳」功效不再。

沒了鐵血保護，殺神部隊立時連番折損，我方士兵見狀，士氣頓時大增，可惜先前折損了不少殲魔戰士，而對方早挪出空位以增加士兵，因此撒旦教的優勢並沒減少，反而越來越強。

「這樣下去，整個地下城早晚會被攻佔。」楊戩想了想，忽堅決的道：「我們得阻止『饞』繼續增兵！」

「話雖如此，但有三罪和其他殺神戰士團團保護，要阻止他不是易事。」我看著仍然在升降平台中的他們。

「他們不出來，咱們也不能坐以待斃。」宮本武藏身上殺氣一漲，肅然說道：「殺進去吧！」

一語未休，宮本武藏便提著兩柄武士刀，挾著凜然氣勢，朝敵方殺去！

宮本武藏其勢如虎，步伐神速，那些殺神部隊剛察覺得到，武藏的人早已站在他們面前！

沒有助威呼喝，沒有華麗招式。

宮本武藏手上一長一短的太刀，不過輕輕出鞘。

然後劃出兩道銀光。

兩道，勾魂奪命的銀光！

霎時之間，十數顆頭顱突然飛到天上，伴隨以來的無數鮮血不斷噴灑，把整片原已朱紅的區域染得更為血腥艷麗！

宮本武藏如此一闖，立時在敵方陣強，殺出一片無人之地！

「大夥兒掩護！」楊戩大聲喊道，同時指揮一小部分殲魔戰士衝上前，協助宮本武藏。

一直死守在升降平台之中的「罪」看到形勢有變，便不再退縮，反守為攻，立時各取兵刃，衝殺出來！

宮本武藏雙手一揮，正想再摘敵首，忽有「噹噹」兩聲刺耳的鐵器交擊聲響起，卻是有人擋下了武藏兩柄武士刀！

「『妒』那傢伙，是你幹掉的吧？」

只見一人用一柄闊劍一面圓盾，架住武藏雙刀，冷冷說道。

此人俊美妖邪，髮金膚白，眉宇卻帶有淫邪之氣，正是「七罪」之一，「慾」！

武藏對於有人能架住自己的刀，略感意外，卻旋即回復冷靜，道：「那又如何？」

「雖然那傢伙實在醜得讓我也提不起任何興趣。」「慾」瞪著武藏，冷冷的道：「但她好歹也是我的同伴，我要殺了你這廝替他報仇！」

「嘿，死者已逝，在下只能說聲抱歉。」宮本武藏忽然咧嘴冷笑，「為表歉意，就讓在下以同一刀鋒，讓你倆在黃泉下團聚吧！」

語畢，武藏沉聲一喝，手上力道暴增，雙臂一振，竟把「慾」逼出數米之遠！

「慾」卻似早已料到，被震飛後，沒有立時著地，反而橫著身子，雙腿往升降柱上一蹬，借力飛回武藏面前，左盾右劍，朝武藏上三路攻去！

武藏不急不躁，腳步不移，只是手腕輕轉，雙刀一錯，恰恰接下盾劍。

也在同一時間，武藏腳下地面忽然崩出裂痕，卻是他把盾劍力道，統統卸到地上！

「有意思！」武藏言笑之間，殺氣再次提升，刀招悠地變得更快更狠！

那「慾」雖然性格淫邪，但畢竟曾是希臘的大英雄，加上活了數千年，身手竟也不弱。即便他所使招式不如武藏精妙，但長劍圓盾，一攻一守，竟也配合得天衣無縫，和武藏鬥了個難分難解！

「殺，別讓他們進來！」也不知是誰發了一聲號令，那些撒旦教徒又再聚集一起。

武藏被「慾」纏住，好不容易清出的空地瞬間又擠滿士兵，此時，李鴻威乘機躍出升降平台，想要阻擋我們繼續前進。

李鴻威一看到我，立時暴跳如雷，揮著一雙血掌就朝我奔來。

我看著他，也不閃不避，只以滿是嘲意的笑臉看著他。

李鴻威見狀怒火更盛，身法加快，但他才走到半途，忽然有兩顆銀彈朝他旋射而去！

李鴻威反應不慢，看準來路，血掌一揮就把銀彈擋下。

才擋下子彈，突然有一道人影閃到李鴻威面前，揮著兵器朝他頭頂砍下去！

李鴻威仗著一雙血掌刀槍不入，抬手便要格擋兵器，怎料黯淡的銀光閃過，並沒有在那雙血掌上停留，竟是乾脆利落的把李鴻威的兩掌切成兩半！

李鴻威看著斷掌，臉上刀疤一陣扭曲，看著來者森然說道：「你是誰？為甚麼要擋我去路！」

「復仇者。」來者手握兩柄奇怪兵刃，語氣異常平靜：「我今天，要替妻兒報仇雪恨！」

削李鴻威手掌者，自然是子誠！

「烙血之瞳」烙下的血，雖然其堅勝鐵，但子誠一雙異槍裝有智慧樹樹根，鋒利無匹，剛好是李鴻威那些鐵血的剋星。

「滾開！」李鴻威瞪著子誠，暴躁的道。

只見他下巴魔瞳一睜，斷掌立時重生長回來，不過他知道鐵血失效，也沒有輕舉妄動，只是站在原地戒備。

子誠沒有理會他，只是冷冷一笑，然後打開「追憶之瞳」。

魔瞳一開，子誠立時變得氣勢逼人。和師父短短相處幾天，似乎他的實力又提升到另一層次。

李鴻威也是束手無策，鐵血失效，他縱然手有兵器，也難以與子誠的神樹樹根相擋。

他一心想向我報仇，躊躇片刻，最終怒吼一聲，竟不顧危險，想要硬闖過來！

可是子誠怎會遂他所願，身形一轉，一刃擋其去路，另一刃則朝其中門刺去！

眼看鋒利刀刃就要把自己頭開半，李鴻威不得不抽身而退，但子誠卻沒有放過他的打算，一雙槍刃如毒蛇般連連出招，窮追猛打，逼得李鴻威節節後退！

我知道子誠等了這天好久，定然不會輕易放過李鴻威，有他擋下李鴻威，我便和楊戩嘯天犬繼續殺進升降平台之中。

雖然我此刻運用不了魔瞳，但每當我運力揮動雙戟，右眼『地獄』不知何故，竟自然而然地生出陰柔邪力，流到四肢百穴，使我渾身是勁。

這股陰柔力量雖不如我運用「鏡花之瞳」所催動匯聚的魔氣般濃厚，卻已令我身手和力量提升不少，足以與這些殺神部隊一戰。

我們二人一獸一輪砍殺，眼看就要來到升降平台的大門前，可是那長髮美女「慵」卻始終沒有出來阻止我們。

但見機廂之中，有兩柄修長的刀子豎在地上，劍尖朝天。

兩柄長刀的劍尖都有一個小洞，當中有一條閃著銳光的銀絲連繫著。一雙長刀分立，使銀絲拉直，而「慵」她則橫臥其上，睡姿優雅撩人，渾不似身在戰場之中。

不過，最令我吃驚的不是她那份氣定神閒，而是刀子只是僅僅豎立起來，並沒有牢插在地板上，但她竟能安然躺在銀絲上，不令雙刀受力倒下，其輕功之高，委實可怖！

「慵」臥絲而睡，即便我們越來越近，她的眼皮也沒動過一下。

「這傢伙實在古怪！」楊戩三尖兩刃槍挑翻一名殺神戰士，背著我說道：「我們快要殺進去，但她也不出來迎戰，似乎胸有成竹！」

「她名號既為『慵』，性格想必優閒懶散，但我們如此順利，機廂中必有古怪，說不定她早設了甚麼陷阱。」我雙戟一錯，割下一人頭顱後，看著不遠處的二罪，道：「但我們眼下沒有猶豫的時間，每拖一刻，他們的力量又多一分，只能速戰速決！」

「有何打算？」楊戩看著我問道。

「兵分兩路，我獨自衝殺進去，你與嘯天殿後。」我小聲說出心中想法，「要是真有陷阱，那麼我觸發之後，你們自能避免；要甚麼機關也沒有的話，那麼我引得『慵』出手，你們也好乘機找出她的破綻，盡早把她解決。」

「但這不就令你身陷險境？」楊戩皺眉問道。

我沒有回答，只是向他自信一笑。

就在這時，一名殺神戰士突然從旁殺出，晃著閃亮的軍刀，向我脖子割去！

我沒有閃躲，只以雙戟作回禮，和他使出一模一樣的招式，往頸抹去！

殺神戰士萬萬料不到我會突然會來個玉石俱焚，也來不及格擋，因此一招交手，我們二人的頸項同時湧出大量鮮血！

受到如此重創，那傢伙立時倒地不起，鮮血滿地，轉眼已然斃命。

我勉力站穩，用手按住傷口，同時平心靜氣，深呼吸一下，此時『地獄』又生出一股陰涼之氣，流到頸部，令傷口迅速痊癒。

「這就是我不怕危險的理由。」我看著一臉訝異的楊戩笑道。

楊戩雖不明白我為何會有極速復原能力，但眼下也不是深究的時間，他沒有多想，便即點頭答應我的計劃。

我們又衝殺一會兒，就在和升降機大門還有五米左右的距離時，楊戩忽然揮手喝道：「嘯天！開路！」

嘯天犬應聲一吼，同時俯頭前衝，以其龐大無比的身軀，硬是撞開十數名撒旦戰士，殺出一條血路！

早在楊戩發令之時，我已經一手抓緊嘯天犬的尾巴，隨牠前衝。

當牠在大門前停下步伐時，我便放開牠的尾巴，憑藉那股衝刺的餘勁，翻了個筋斗，跳進升降機之中！

我步進機廂之中，雙戟緊握在手，小心防備，沒有立時上前廝殺。

升降平台能容納百人，其面積足有一小型廣場那麼大，而「饞」和「慵」則一直待在平台的正中央。

看到我進來後，「饞」終於停止吐人，一臉有趣的看著我，道：「你終於來了。」

說著，「饞」身上魔氣忽然消散，似乎是闔上魔瞳闔，不過我卻看不到他表面有任何紅光閃過，也不知他的魔瞳藏在哪兒。

「打斷你的工作，真是抱歉。」我看著他笑道。

「不要緊，反正這裡的士兵夠多。」「饞」擦擦嘴角，笑道：「餘下的，就等我離開這出入間再放出來吧。」

「還能吐？你的肚子也未免大得驚人。」我冷笑一聲，雙手挽了一對戟花，「不過，你以為我輕易放你出去嗎？」

「難道你又覺得我會輕易被你攔下嗎？」「饞」沒有理會我，卻忽然跟睡在旁邊的「慵」道：「喂，有敵人了，你還不快快醒來？」

「饞」連喊數聲，「慵」才悠悠轉醒，打了一個優雅的呵欠，懶洋洋地問道：「怎麼吵醒人家？」

「饞」板起了臉，沒有說話，只是向我指了指。

「啊，原來有人來了。」「慵」露出一副典雅的笑臉後，忽然一個翻身，從銀絲跳落地上，也讓我看清楚她的面貌。

「慵」樣子高貴典雅，皮膚白哲，一把捲曲的深棕長髮及腰，身上發出一股自然的高貴氣息。

「畢永諾，雖然人家很不想操勞，但薩麥爾大人命令必定要把你擒下……」說著，「慵」忽然打一個呵欠，才續道：「嗯……人家也只好勉為其難，活動一下筋骨好了。」

「慵」身穿一身寶石藍色的戰鬥輕裝，但臉上無時無刻都充滿濃濃的睡意，怎看也像一名睡公主多於會耍長刀的戰士。

不過，我沒因此掉以輕心，反而因為她的話，心下更加謹慎，畢竟能讓薩麥爾看上眼的，多少也有點斤量。

「嘻，看你都緊張成這副模樣了，放鬆一下吧。」「慵」調笑似的看著我，用那道清脆如鈴的悅聲聲音說道：「反正你怎樣反抗，也只會是人家的獵物！」

「誰是誰的獵物，」我冷笑一聲，「此刻還言之尚早。」

「這兒就交給你，你們慢慢玩吧！」「饞」忽然跟「慵」說道：「我得出去外頭，把餘下的人放山來。」

「慵」懶洋洋的揮了揮手，示意他趕快離去。

「誰讓你走？」我看著「饞」，雙戟一擺，冷笑道。

「哈哈，畢永諾，別再裝腔作勢。」「饞」突然看著我笑道：「別以為我們不知道，你的魔瞳出了問題！」

「你在胡說甚麼？」我瞪著他，沉聲說道。

「上次在日本，你被『妒』逼得走投無路，卻始終未散發過一絲魔氣，」「饞」扭動脖子，笑道：「你今天身陷危陣，也是如此，這不就說明了你的魔瞳打開不了嗎？」

我聞言沒有否認，只是笑道：「運用不了魔瞳又如何？你過了我這關，但平台大門，還有二人等著你啊！」

「嘿，如果楊二郎和嘯天犬同時出手，我確是要多花點功夫才能走脫。」「饞」那醜陋的老臉，忽然咧嘴一笑，陰側側的道：「不過，你們願意犧牲項霸王嗎？」

我和楊戩聞言一驚，立時轉頭一看，但見遠處的項羽不知何時，竟陷入苦戰！

出入間的煙霧早已散去，我這時才看到和項羽糾纏的，正是那位神秘男子「傲」，以及五名不知名號的人物。

但見那五人身手狠毒了得，人人手中都拿著一塊長形金牌作武器，攻擊更是方式千奇百怪，但最令我在意的，卻是他們身上魔氣澎湃，竟全是魔鬼！

項羽武功高強，勇猛無匹，一手長槍舞得虎虎生威，可是那五名魔鬼所表現出來的實力雖不如他一半，在「傲」的指揮之下，五人卻竟能牽制著項羽！

但見五人身法詭異，不斷左穿右插，似乎正在使出某種陣法，每一招每一式都相互配合，又像一條條柔韌的絲，束縛著項羽，使他攻擊越來越不順，身上傷口更是越積越多！

「傲」沒有和項羽近身搏鬥，只是在不遠處沉聲指揮著五人。

我留意到他手中一直握著數柄飛刀，似乎正在等待項羽露出破綻才出手。

楊戩突然皺眉急道：「想不到韓信原來尚在人間。」

「甚麼？你說『傲』那傢伙是韓信？」我看著楊戩，詫異的道。

「我曾見過他一面，可以肯定就是他。」楊戩點頭說道。

在楚漢爭雄之時，項羽一直戰無不勝，但偏偏漢軍中有一名天縱領軍奇才，奇招連連，教項羽吃盡苦頭，最終於烏江飲恨，此人正是韓信！

知道「傲」的真正身分後，我這才醒悟，為甚麼項羽剛才會如此主動出戰，對「傲」又滿懷恨意。

「羽弟生平最痛恨的，就是韓信這傢伙。他常常說很可惜韓信早死，不能報仇。怎料今天一見，原來他卻是早入魔道，成了『七罪』！」楊戩說道。

我想深一層，便覺得這件事其實也不奇怪。

還記得初次和項羽見面時，他曾說過妲己其中一個身分，就是呂雉。

呂雉是漢高祖劉邦之妻，傳說韓信乃是被呂后賜死，但從現在的情況看來，似乎是薩麥爾主使妲己製造韓信已死的假象，然後將之收為己用。

正當我默言思考時，項羽忽然怒嘯一聲，把我的注意力拉回來。

「項某不怕以一敵眾，但你一直龜縮一旁，算甚麼好漢？」項羽舞著長槍，擋開兩碑金牌後，朝「傲」怒喝道：「你有種就出來參戰！」

「我用不著以身犯險。」「傲」一雙陰森冰冷的眼睛牢牢瞪著項羽，「不管用甚麼方法，只要能殺死你就行！」

項羽聞言大怒，猛吼一聲，槍法突變凌厲，似想突破重圍，向「傲」殺去！

「糟！他中了韓信的圈套！」楊戩忽然大急說道。

一語方休，只見「傲」果真立時出手，雙手一揚，擲出兩柄劃有「血箭頭」飛刀！

但見飛刀所指之處，不是項羽身上弱點，卻是兩塊金牌正要擊下的地方。

這兩塊金牌乃是「傲」兩名手下的武器，本來正揮向項羽的右臉和右腰間，就在快要擊中之際，兩柄飛刀後發先至，恰恰擋在金牌之前。

金牌擊中飛刀上的「血箭頭」，倏地改變方向，一上一下的夾擊項羽右臂！

項羽冷不防會有此變故，來不及把手抽回，只見金光一閃，血霧湧現，竟是他的右手被兩道金牌齊肩砍斷！

項羽失去一臂，戰中又不便運氣療傷，右邊便頓時變成他的弱點。

五人知道機不可失，連忙將攻擊集中在右方，使項羽的形勢變得極其嚴峻！

「楊二郎，你再慢一點，恐怕就只能替項霸王收屍。」「饞」看著楊戩，一臉輕鬆的笑道。

楊戩知他所言非虛，可是又不願意如此放過「饞」，因此站在原地，一時猶疑不決。

「饞」卻是比楊戩先有動作，只見他忽然傳身背向我們，接著身上邪氣突現，卻是魔瞳已開！

我以為他又想吐出士兵，心下緊張，誰知他只是忽然自我介紹起來：「我的名號雖為『饞』，但我並不是甚麼也放進口，相反我吃得很挑。」

我皺眉聽著，不明白他在故弄甚麼玄虛。

「薩麥爾大人賜號『饞』給我，其實很大原因，是因為我的魔瞳，『容物之瞳』。」「饞」背著我們，說道：「『容物之瞳』能吞天下萬物，生死不拘，也能吞下一些沒奇怪，甚至無形的東西。因此我需要無窮無盡食慾，才可以吞下這些東西。」

「你究竟想說甚麼？」我冷冷的道。

「嗯，其實我只是想跟你們說，我今天曾吃了一份早點，一份頗為特別的『早點』。」「饞」依然背著我們，語氣淡然：「那就是噴射飛機所產的『推力』。」

語畢，「饞」身上的魔氣忽地暴增，我還未來得及反應，只見他突然跳到半空，然後竟突然極速倒後飛行！

「饞」的飛行速度，竟猶如戰機般迅速，瞬間已從升降大門飛了出去！

「饞」所吞下的「推力」顯然不多，只不過飛了十多米，便得飄然著陸，可是他這時已在人群的最外端，距離出入間的出口不遠，而附近只有一群剛到達的殲魔戰士！

那群殲魔戰士料不到會有人從天而降，稍一遲疑，「饞」已經從口中吐出一把長矛，揮舞斬殺起來！

這柄長矛雖然比「饞」本人還要高，但他使起來極為順手，轉眼間已在自身周圍，劃出一片腥紅！

「絕不可以讓他逃去！」楊戩大急，立時指揮嘯天追趕「饞」。沒等楊戩的話說完，嘯天已經躍到十數米開外，可是牠還未著陸，「饞」已經殺出一條血路，離開了出入間！

嘯天怒吼一聲，立時化作一縷黑煙追上去。

這時項羽那邊情況越來越危急，我見楊戩一臉焦急，卻又似乎因為擔心我，沒有上前幫忙，便即說道：「你去幫項霸王吧，區區一人，我還應付得來。」

楊戩沒再猶豫，向我拋下一句「萬事小心」，便提著三尖兩刃槍，替項羽解圍去。

「啊……奧德修斯那傢伙終於走了。」「慵」又是一個呵欠，然後愛理不理似的看著我，「嗯，畢永諾，你還是自己投降吧，人家還想再睡呢。」

「投降甚麼的我鐵定不會。不過你想睡的話，」我向前踏了一步，笑道：「我可以幫你一把，使你長眠不起。」

「很大口氣，不過你現在連魔瞳也開不了，如何能勝得過我們呢？」

「『我們』？」我皺頭一眉，四周顧視，「你還有同伴在這兒？」

「有啊。」伸了一個懶腰後，「慵」悠然說道：「畢竟人家不擅近戰嘛，這種事還是讓恩底彌翁來應付好了。」

提到這個恩底彌翁，「慵」的語氣突然變得溫柔，眼神也流露甜密，似乎恩底彌翁是她的戀人。

「慵」說自己不擅近戰，那麼她身前那對長刀，該就是恩底彌翁的武器。我一直暗自觀察四周，可是卻絲毫察覺不了平台之內有第三者，似乎這恩底彌翁的本事也不少。想念及此，我不禁加倍留神。

雖然以一敵二對我大為不利，但此刻各人皆有對手，我也只能靠自己，於是雙戟一錯，說道：「多說無謂，你讓他現身吧！」

「做人別太心急，有時忙裡偷閒，也是一種快樂啊。」「慵」看著我，露出一個溫柔的微笑，「以他本事，花不了多少時間就可收拾你，你又急甚麼呢？」

「慵」一邊說，一邊走到雙刀之前。

接著，她忽然從懷中取出一根藍絲帶，慢條斯理地把長髮束成馬尾。

我滿腹疑惑地看著她，不敢輕舉妄動。

「慵」的動作優雅卻又緩慢，好不容易把絲帶綁了一個蝴蝶結後，她便看著我，淺笑道：「那麼，待會再見。」

笑罷，「慵」忽然垂首，卻又瞬間抬起頭來。

不過，當她再次抬頭時，只見她的左眼眼瞳變得鮮紅如血，氣息也溫柔不再，而是英氣逼人。

我看在眼裡，只覺得她彷彿變成另一個人！

「你就是阿提密斯所說的畢永諾了？」「慵」看著我，冷冷的道。

「慵」此刻的聲音比先前低沉得多，乍聽之下，竟像是一名青年在說話！

我心下大奇，忍不住問道：「你究竟是誰？阿提密斯又是誰？」

「阿提密斯，就是先前與你說話的女子。」「慵」溫柔說罷，又忽然變得嚴肅，「而我，就是奉薩麥爾大人之命，前來擒下你的恩底彌翁！」

一語未休，「慵」突然運身魔氣爆發！

接著，我只覺眼前銀光一閃，卻是「慵」已拾起身前雙刀，殺氣騰騰的朝我襲來！

第五十九章——一體二用

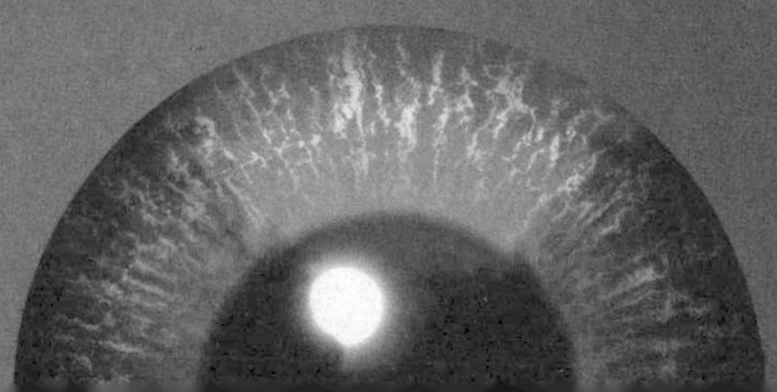

第五十九章 一體二用

錚！

一聲刺耳的鐵器廝磨聲倏地響起，正是我用雙戟驚險地擋下「慵」雙刀合併的一擊！

「慵」這一擊力道非凡，勉強擋下後，我雙手虎口立時被震出一道裂口，鮮血直流。

不過，「慵」的攻擊並沒有停下來，刀擊過後，只見她右手一抖，連著長刀的銀絲立時捲了一個圈，朝我頭部套來！

我心裡吃驚，雙腿連忙往地上一撐，向後躍開數米，雖然頭顱恰恰躲過，不過銳利的銀絲卻把我頭頂一撮頭髮削斷成碎！

看著斷髮飄然散落在地，我不禁嚇出一身冷汗，剛才動作稍微遲緩片刻，被索斷的就會是我項上頭顱。

雖然「慵」是女兒之身，但似乎有著一男一女兩種人格，而且人格變換後，也會令她的能力和氣質隨之改變。

當「慵」打開左眼魔瞳，變成恩底彌翁之後，「他」手上力道竟遠勝於我，而且招式剛勁十足，完全沒有一絲女兒之氣，甚難對付。

「想不到你沒有魔瞳之助，還能保留這種身手，接下我這麼多記攻擊。」恩底彌翁俊俏的臉孔依然嚴肅，但嘴角稍微勾起來，「畢永諾，你果然是撒旦的複製體。」

「嘿，過獎了。」我冷笑一下，待在原地，調整混沌的氣息。

恩底彌翁聞言冷哼一聲，提刀又朝我衝來，他輕功異常高明，轉眼已衝到我身前不遠處！

我此刻距離身後大門不遠，門外又塞滿殺神戰士，我若然轉身走出去，混在人群之中，定然能順利逃逸。

可是，大衛星地下城正值危急存亡之際，要是讓「慵」離開，只會令其他人更加吃力，加速淪陷。

「我絕對不能讓撒旦教攻陷地下城，我還得借助殲魔協會的力量，替拉哈伯報仇！」

想起拉哈伯，怒火立時從我心底冒起，我終究還是低叱一聲，提戟迎戰！

噹噹噹噹噹噹噹噹噹噹噹噹噹噹噹！

又是一輪急促的刀戟交擊聲！

恩底彌翁一雙長刀舞如輪轉，我仗著一口怒氣，奮力接下他十數記源源不絕的刀招！

可是，沒了魔瞳加持的我和恩底彌翁的實力畢竟相距不少，加上又要分神防備銀絲，十幾回交手下來，我手上雙戟已被他砍出無數缺口，雙手也被震得一陣麻痺，滿手鮮血，武器幾乎拿捏不住！

「果然是『七罪』，竟如此難對付。」險象環生地擋下這波攻擊，我心中不禁暗罵一聲。

恩底彌翁的「線刀」古怪非常，並不是尋常兵器，但他運用起來，卻是奇妙無窮，殺招不絕。幼細堅韌的銀絲雖然牢牢地繫著雙刀，可是它並沒有限制了招式，相反這一絲之增，反令恩底彌翁的攻擊增添無窮變化。

銀絲的圈套在刀與刀的攻擊之間，不斷若有若無地出現，而這圈套每次出現時，定必瞄準我的要害劃去，令我情況頓時變得驚險非常！

在我眼中看來，「線刀」彷彿就是一頭飢渴的猛虎。牠的一雙利爪縱然鋒銳無比，危險萬分，但真正要我全神提防的，卻是那張時常毫無先兆地伸開的血盆虎口！

碰！

再次勉強擋下一記重擊後，我借勢後躍十米，想要稍微爭取一點喘息的時間。

「慵」仍是阿提密斯時，態度一直懶散得很，但變成恩底彌翁後，性格完全改變，非常積極進取，攻勢連環不斷。

不過，我這次躍開後，他出奇地沒有乘勝追擊，只是站在原地，好整以暇的看著我。

我看他仍然一臉英氣，便知道他的身分依舊是恩底彌翁，心下雖感奇怪，但還是乘此機會，讓『地獄邪氣』復原我雙手的疲勞。

「畢永諾，你的確是與別不同，直到此時仍然能保持身體完好。」恩底彌翁雙刀輕擊數下，當是拍掌，笑道：「要是換了旁人，早被我這雙刀一線，割得七零八落。」

我拭去額上汗珠，只是冷目而視，微笑不語。

其實激戰至此，我身上仍沒掛彩，除了因『地獄』稍微提升了我的實力外，還多虧了我手上這雙瑞士戟。

瑞士戟設計精妙，戟上有三刃，尖端為槍，左右分別為闊斧及短鉤。

槍刺斧劈鉤勒，正因一柄瑞士戟有三種使法，才令我抵住恩底彌翁的刀擊同時，還能用餘下兩刃，勉強阻擋銀絲的奪命圈套。

如此一來，我雖然一直處於下風，但還能保持身體完好，恩底彌翁一時之間也收拾不了我。

「啊，對了。」恩底彌翁忽然看著我，問道：「你知道我們是如何尋上此地嗎？」

「嘿，是你的魔瞳能力吧？」我冷笑一聲，答道：「先前也是這能力，令你能尋上隱身在笛吹市的我吧？」

五罪之中，除了「慵」，其餘四罪都展示過自身的魔瞳異能，而恩底彌翁和我戰鬥之時，雖然打開了魔瞳，卻一直沒有使出任何特殊能力，因此我細想一下，便如此推測。

「猜對一半。」恩底彌翁肅穆的臉露出難得一見的微笑，「在笛吹市時，我的確利用『羈絆之瞳』找到你所在位置。」

「猜錯的另一半是甚麼？」我皺眉問道。

「這地下城與地面之間，設置了一道阻隔層，讓我的『羈絆之瞳』失效。」恩底彌翁解釋道：「因此，真正讓我們找到這兒的，是一份記憶體。」

「記憶體？」我小聲喃喃，腦海忽然靈光一閃，醒悟道：「撒旦教的人員名單！」

「嘿，你這次猜對了！」恩底彌翁忽然看著我，狡猾的冷笑一聲。

恩底彌翁笑聲一起，我忽然聽得身後有些異樣，轉頭一看，只見升降平台的大門竟在迅速闔上！

恩底彌翁在大門關上後，笑著續道：「那份記憶體，其實是薩麥爾大人故意讓項羽偷走。」

「那名單是假的？」我皺眉問道。

「不，名單是真的，因為要是弄張虛假名單，以項羽目光，一看便知真偽。」恩底彌翁提著雙刀，慢慢踱步，朝我走來：「不過，那記憶體乃是用特殊技術所製，只要打開，當中暗藏的微型晶片便會發出衛星訊息，告知我們記憶體所在位置。」

「難怪你們能尋到這兒。」我冷笑一聲。

「那晶片是撒旦教科研部的精心傑作，除了能發出訊息，還有強大的入侵程式。」恩底彌翁忽然笑道：「因此，現在地下城的整個系統，已經完全受我們控制了！」

「如此說來，升降平台已經被你們所操縱了。」我皺眉說道：「不過，你把我們二人困在一起，又有何用？」

「嘿，因為我要速戰速決，先收拾你，再去助其他同伴。」恩底彌翁一邊揮舞雙刀，一邊笑道。

「速戰速決？」我冷笑一聲，道：「雖然你一直佔著上風，但說要完全把我擊敗，也不是一時三刻所能做到的事。」

恩底彌翁聞言，忽然露出一個冰冷的笑容：「一試便知！」

一語未休，恩底彌翁突然拔足狂奔，舉起雙刀，又朝我砍來！

我早料到恩底彌翁會突然發難，幸好此時我的雙手早已休養充足，於是立時提戟還擊！

錚！

我那對回復力量的雙手，再次硬抗恩底彌翁的一擊！

「看招！」恩底彌翁猛喝一聲，又是一記銀絲攻擊，但這一次只見他雙手同時一抖，竟是一口氣抖出三個圈套，分別要套住我的雙手及頭顱！

我大吃一驚，連忙閃避，可是變故來得實在太快，我的頭及右手雖然逃出銀絲的攻擊範圍，但左手卻快要被圈套套上！

電光火石之間，我思緒急轉，立時想出對策，左手不退反進，來一招兩敗俱傷！

我這一推包含兩記攻擊，要是恩底彌翁不收手，那麼我的左臂則會被他勒斷，但他的肩膀同樣會被戟槍刺傷，右手定必被闊斧砍下。

我本以為恩底彌翁多少會有點猶豫，怎料我的闊斧快要削開他手掌時，我看到他雙眼眼神，依然是堅定不移！

一招交手，血氣紛現，此時我們一同後躍數米，才站穩不久，我只見二人衣服上都添了幾片紅花，卻是我倆雙雙中招受傷！

由於我早一步把恩底彌翁的右手削斷，銀絲便不夠力道把我的左掌索斷，饒是如此，我還是給他勒斷了三根手指，不過兵器總算保留得住。

至於恩底彌翁，雖然失卻右手，但他一雙長刀有銀絲連繫，只見他左手輕輕一拉，便把右手長刀收回去。

「早說了，我可不容易解決。」我看著他笑道。

「嘿，你這傢伙確是有點棘手，看來我還是需要阿提密斯的幫忙。」恩底彌翁運動魔氣，把右手長回，同時看著我冷冷的道：「畢永諾，待會兒見了！」

語畢，只見恩底彌翁一手把馬尾上的蝴蝶結解下，令長髮再次散下，同時又垂首半晌。

當他再次抬頭，氣質又變得溫柔典雅，一雙碧眸冰冷不再，而是充滿慵懶之意。

「你是阿提密斯？」我看著眼前的「她」，皺眉問道。

阿提密斯像一個未睡醒的小孩，呆呆的看著我好半晌，才回應道：「嗯？啊……對啊，嘻嘻，我們又見面了。」

我看到她此時左眼瞳色已變回碧綠，似乎唯有打開魔瞳之時，「慵」才會變成恩底彌翁。

雖然我不知道她為甚麼突然轉換人格，但心中不敢有絲毫怠慢，一雙短戟依然緊握在手。

這時，阿提密斯瞧到地上斷掌，臉色一下子變得煞白。

「你……傷了恩底彌翁？」阿提密斯冷冷的問道。

「不錯，我砍下他的一隻手掌。」我笑道：「不過我也是以三隻斷指才能換到。」

阿提密斯拾起半隻斷掌，輕輕撫摸，語氣憐惜的道：「可憐的恩底彌翁，我一定會替你十倍奉還！」

「十倍奉還？你的情郎尚且只能削我三指，我卻沒有三十根指頭可給你斬斷。」我看著她笑道。

「不用囂張，恩底彌翁並非白白受傷的。」阿提密斯冷然說罷，忽然看著銀絲，問道：「這些鮮血，是你的吧？」

我還沒回答，只見她忽然用舌尖，輕輕把銀絲上的一顆血珠舐下。

「嗯，果真是你的血。」阿提密斯閉目細嚐片刻後，忽然睜眼看著我，笑道：「畢永諾，受死吧！」

語畢，阿提密斯身上突然散發出強勁的魔氣，但這次變得瞳色鮮紅如血，卻換成她的右眼！

就在阿提密斯打開魔瞳的同時，一股異樣感覺突然自我心頭泛起，並迅速流遍全身。霎時之間，我只感到精神緊張萬分，心跳劇烈，彷彿有一股危險正要迫近，周身雞皮疙瘩，毛髮都因這股危機感而豎立起來！

我知道這是阿提密斯所搞的鬼，但當我抬頭之時，我竟發覺自己對她無比畏懼，本能地不敢直線她，身體還不由自主後退，竟是想離她越遠越好！

「畢永諾，人家現在不會再勸你束手就擒，因為當人家嚐了你的血液，打開『狩獵之瞳』，你已立時變成了一頭百分百的獵物。」阿提密斯那張美麗的臉蛋，露出一個優雅的笑容，「你會緊張，你會害怕，但你不會反抗，你也不會束手待斃，因為作為獵物，你的本能只剩下驚懼與逃走！」

說罷，阿提密斯忽然輕輕踏前一步，但她這一步在我眼中看來，竟如地動山搖，危險萬分，我心中猛跳一下，雙腿反射性的向後退了一步！

「嘻嘻，很好玩吧？」阿提密斯見到我的模樣，臉上笑容更盛。

阿提密斯一邊說著，一邊把雙刀刀柄，底貼底的拼在一起。

接著，我只見阿提密斯握著刀柄，輕輕一扭，然後「喀嚓」一聲，雙刀合而為一。

但見雙刀刀尖一指天一指地，銀絲恰恰拉直，搖身一變，竟成了一張長弓！

這時，阿提密斯又慢條斯理地打開背上一個長包，抽出一物，卻是一支閃著銳光的羽箭。

「你還記得人家先前說過不擅近戰嗎？那是因為人家性格懶散，不喜歡走動。」阿提密斯把羽箭搭上弓上，慢慢拉弦，同時笑道：「所以，人家花了很多時間在這弓箭之術上啊！」

語畢，阿提密斯忽然嬌笑一聲，便即鬆手放箭。

我竭力想要躲開，可是此刻我的精神狀態極之不穩，手腳不禁變慢，連眼力也只集中在阿提密斯身上，完全捕捉不了箭的去向！

突然肩上傳來一陣劇痛，卻是銀箭已經貫穿肩膀，把我釘在牆壁之上！

「你放心，這場捕獵遊戲不會維持太久。」阿提密斯又取出一箭，搭弓拉弦，單眼瞄準，自信笑道：「因為我這人真的很懶，所以向來都會在最短的時間內，收拾獵物！」

一聲嬌笑，銀箭又挾勁朝我飛來！

目录

第六十章

困獸之鬥

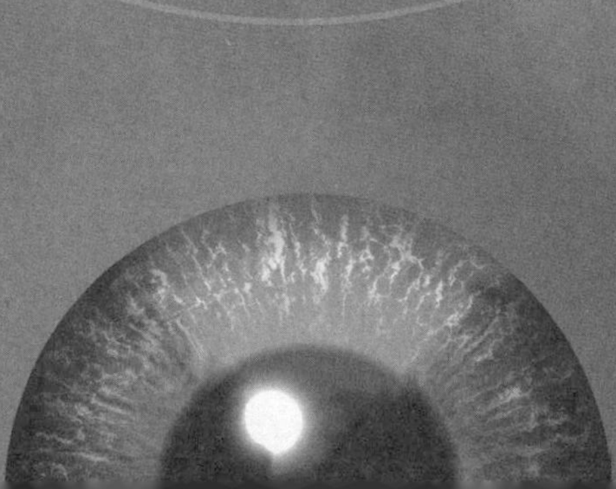

第六十章 困獸之門

羽箭離弦，瞬間已如流星般飛到我的眼前！

我竭力閃避，可是在「狩獵之瞳」的影響下，連串因被獵而產生的負面情緒，令我神智動搖，行動大為遲緩。

我才稍微挪開要害，一陣劇烈的痛楚忽地從我肩上猛地散開，卻又是一支羽箭插了在我肩上！

「可惡！」我暗罵一聲，痛楚連同驚慌的心情，同時間湧上心頭！

我竭力鎮定，向後退開，同時忍痛拔掉身上兩箭。

阿提密斯所射的箭皆以純銀所製，所以我雖把箭拔出來，但傷口依然疼痛不已，一時癒合不了，此刻我忙於避箭，也難以抽空把腐肉挖掉。

不過，就在後退之時，我意外注意到自己對阿提密斯的懼意，似乎略有減少

「難道只要和阿提密斯拉開距離，『狩獵之瞳』所產生的影響便會相對減少？」我暗暗想道。

想念及此，我便腳下不停，一直退到平台邊緣，發現心中畏懼感果真變弱不少！

我心下暗喜，雖然對阿提密斯還是心存懼意，但至少我此刻已能直視著她。

升降平台的大門早已關上，令我逃走不了，可幸平台面積頗大，幾近就是一個小廣場的大小，

我一直在邊緣遊走，維持最遠的距離，勉強能讓自己的精神盡量平穩。

阿提密斯見狀，也沒追上來，只是一直站在正中央，笑意盈盈，悠閒依舊的看著我。

「呵呵，在『狩獵之瞳』發揮作用下，你還能從慌亂中保持一絲冷靜，找出降低影響的法子，著實不簡單。」阿提密斯看著我笑道。

我保著一口氣維持奔走速度，沒有回話，只是朝她冷笑。

阿提密斯也不動氣，淺笑道：「難道，你以為這樣子就可以逃過人家的箭嗎？」

說著，阿提密斯又從箭袋中取過一箭，搭在弓上。

阿提密斯身上發出一絲若有若無的殺氣，縱然微弱，卻已令我立時如坐針毯，心神緊張。

我拼命穩定情緒，雙眼盯緊那銳利的箭頭，突然心底傳來一陣悸動，卻是阿提密斯已經放箭！

雖然精神仍然不穩，但我早作準備，看準箭正朝我咽喉射來，連忙往旁閃避。

一陣勁風在我脖子旁邊刮起，卻是羽箭恰恰擦頸而過！

我心下正想暗叫一聲僥倖之際，只見遠方的阿提密斯又有動作。

她左手提弓，右手一振，竟然有兩支羽箭突地從她右手衣袖中彈了出來！

阿提密斯手法俐落，兩箭輕扣弓上，放手就發！

我才剛剛閃過一箭，身上餘力未盡，加上阿提密斯放箭之時，殺氣一淩，竟令我嚇得如驚弓之鳥，一時間手腳變得不大靈活，眼白白看著飛箭射來，走避不得！

「噗噗」兩聲，卻是兩支箭分別插左我左右兩肩之中！

連中兩箭，那種痛楚自然非同小可，但也許是獵物天生的危機感，又或者我自知腳步稍慢只會吃下更多的箭，我沒有理會肩上的傷，繼續狂奔，速度竟比先前還要快。

「好一頭兔子，手腳也不慢。」阿提密斯笑道：「不過，難道你以為這樣的掙扎，真的有用？」

阿提密斯說話時，我已跑到她的身後，可是她只站在原地，也沒轉身。

正當我以為她不打算出手之際，卻見她沒有轉身，雙手突然後擺，竟就此背對著我，拉弓射出一箭。

阿提密斯彷彿長了後眼一般，這一箭不偏不移，竟比和她面對面時，還要精準的朝我咽喉射來！

我萬萬想不到阿提密斯會有如此一手，眼看羽箭快要射到時，我才從驚愕之中稍微回神，側頭躲避！

可是我的反應實在來得太遲，只能恰恰避過要害，任由箭在頸側劃下一道深刻的創口！

腥血自頸上傷口噴過不停，把我半邊臉染滿鮮紅！

「嘻，早說過掙扎沒用。」阿提密斯淺笑一下，依然背對著我。

我心裡驚訝萬分，完全想不到她為甚麼能如斯精準地捕捉我的位置。

「她沒有後眼，定必有其他方法，精準地得知我所在。」我心中暗自焦急，轉念一想，突然醒悟：「難不成，她是依照心跳來辨我的位置？」

我先前心中太過怯慌，一時忘了當初子誠也曾在埃及，以心跳瞬間擊殺十二名嗜血者，從開膛手傑克手中救回林源純。

現在阿提密斯頭也不回也能精射放箭，或許就是因為這個原因。

「要是如此，我只能暫時捨棄心跳！」

我心中打定主意，咬一咬牙便把倒轉一戟，以槍尖猛插進自己的左胸膛之中！

自毀心臟雖然大膽，但一來我不是頭一趟作出這舉動，二來當我想到要停止心跳時，不知為何腦中竟閃過四腳蛇斷尾的情況，令我出手時毫無猶豫。

「也許這是被獵者的自我防衛機制吧？」我按著淌血的胸膛，心中暗想：「只要我知道這動作不會要了我的命，還可以逃過捕獵，自然就能心無掛慮地出手。」

戟乃是純銀所製，所創造的傷口連『地獄』也回復不了，但我知道只要把傷口附近的肉挖出來，自然就可以立時痊癒。

一般情況，我該能維持七分鐘左右的「無心活動時間」，可是此刻我傷痕累累，血流不止，只能頂多支撐四分鐘。

眼下我沒了心臟，反而頓感輕鬆，而阿提密斯也突然停下攻擊，只站在原地不動，依舊背對著我。

可是，正當我以為成功逃過她的感應時，阿提密斯忽悠然說道：「畢永諾，你實在頗有意思，竟能如此投入當『被獵者』的角色，為了苟延殘喘，連自己的心臟也甘願毀掉。」

我屏住呼吸，沒有回話，因為此刻我正輕手輕腳地挖出身上其他傷口的腐肉。只要多隱藏一秒，我的傷勢就會多回復一分，扭轉形勢的機會也會增加。

縱使挖走腐肉的痛楚奇大，但相比起銀箭攻擊，我還能勉強控制自己不呼痛出聲。

我才把小部分傷口處理好，此時，卻聽得阿提密斯嬌笑一聲，續道：「不過這一次，你卻是自以為逃過一劫了！」

一語未休，阿提密斯背著我，雙手一反，又朝我射出一箭。

「怎會如此？」驚詫之中，我只見這支箭竟又是不偏不移的射向我咽喉！

箭一如以往般飛快，可幸沒了心臟的我稍微減少對阿提密斯的驚訝，這一箭到來，我還能勉強提戟一擋。

可是阿提密斯箭如連珠，射過不停，我一時大意，又中兩箭，逼不得已，我又要忍著痛楚，奔走起來。

「我明明已沒了心跳，怎麼她仍能找到我的位置？」我一邊躲避阿提密斯的冷箭，一邊暗自疑惑，越想越是不解。

原本我估算自己沒了心臟，還能支撐四分鐘，但現在奔走不停，我的肌肉就需要更多氧氣，因此只能多維持兩分鐘，便得讓心臟回復，可是現在我卻沒法子騰空挖掉胸口腐肉，因為我步法只要稍有滯留，銀箭便會無情的貫穿我身！

我沒命似的跑，正感焦急如焚之際，突然間，我留意到前方地板上，有一團觸目的血跡。原來我奔跑多時，不知不覺已繞了一整個圈，前方的血正是我當初被阿提密斯射中後所留下。本來，這不是甚麼奇怪或值得注意的事，但當我走過那團血跡時，我鼻中所嗅到的血腥氣味，突然變得濃烈起來。

突如其來的腥血撲鼻，使我腦袋稍受刺激，忽然靈光一閃，猛地醒悟：「阿提密斯她並不是以心跳聲來辨別我的位置，而是憑著捕獵者的特性，以氣味鎖定了我！」

想通此節，我便明白為甚麼她即便沒有親眼看見，仍能百發百中！

「我得想辦法隱藏自己的氣息，不然長此下去，我逃走不得，要麼被她射倒，要麼自己力脫不支。」我心中暗自盤算，想要找出辦法，「要擺脫氣味，就得用水清洗……水？對了！」

我心中一喜，因為此時我看到平台的天花板上，每隔一米便有一個小裝置，正是滅火用的灑水器！

「只要啟動灑水器，就可以沖走血腥氣味，那麼阿提密斯射箭的精準度便會有所下降。」我心下暗忖，已然有了計較。

要啟動灑水裝置就得讓它們感應到煙霧，我沒有火機之類的生火工具，自然不能隨便起火，但我大可快速互磨手上雙戟，擦出火花，觸動灑水器。

心中有了主意，我便稍微鎮定下來，就在快要走到最近的一個灑水器時，我握緊雙戟，力聚腿上，想要一躍而起。

「呵呵，看來你已經注意到人家是依氣味來鎖定你的位置，還想用水把血氣洗走。」

當我剛想跳起之際，心底裡沒由來傳來一股危機感，竟使我的雙腿本能性地僵住，完全伸展不來！

「畢永諾，你可有見過兔子在獅子面前，還能輕輕鬆鬆的亂蹦亂跳呢？」慌忙之中，我只見阿提密斯抿嘴一笑，道：「在『狩獵之瞳』的影響下，你的本能可會阻止你作出這種讓自身破綻大增的舉動啊！」

阿提密斯呵呵笑道，在我雙腿行動稍滯之際，竟捕到一絲破綻，忽地射出一支無聲無息的冷箭！一條黑影在我眼前略過，我還未反應過來，一道強烈的痛楚忽地自我左腳傳來，卻是羽箭已插穿我左腳腳踝！

腳踝被傷，我整條左腳立時被廢，難以繼續奔走，接著一個踉蹌，竟失足滾倒地上！

我逼於無奈坐倒地上，心下大驚，滿以為阿提密斯會乘勝追擊，但她似乎知道我已失去了行動力，也懶得再多加一箭，只是挽著長弓，朝我慢慢走來。

「其實你的表現可說是十分不錯，很少人能面對『狩獵之瞳』，還能作出這麼多花樣。」阿提密斯懶洋洋的打了個呵欠，看著我淺淺一笑，道：「不過，獵物終究是獵物，下場只有一個，就是任由獵人收割！」

雖然阿提密斯身材纖瘦，但在我看來，這嬌柔的身影卻彷如死神，令我感到心寒無比。

她每走近一步，我的心跳便會加劇一分，呼吸也急速起來。

「不行，我不能被她擒去，我還得替拉哈伯報仇，我還要對抗天使軍……」

我拼命冷靜頭腦，想要擠出辦法，可是「狩獵之瞳」的威力實在太過厲害，隨著阿提密斯的步伐越來越近，我的思緒便變得越來越混亂，身體也開始不其然顫抖起來。

正當我腦袋空白一片，心中只有一片絕望之時，阿提密斯和我只剩下十多步的距離。

這時，我但覺眼前一暗，原來是阿提密斯那道修長的影子，覆蓋了我的臉。

慢著。

「影子？」

被黑影掩蓋的我，看著身上的紅色襯衫，腦海突然靈光一閃！

也許當到了最絕望之時，被獵者心底會生出一絲反抗的勇氣，恰巧在這個時候，我心中的緊張突然完全消失！

趁著這一剎那的空隙，我強忍著痛楚，拔出腳踝上的銀箭，然後手中運勁，用力把箭向前擲出去！

此箭雖遠不如由長弓所射出般威力強大，但當中所含勁力，也非同小可。

我出手迅速，銀箭轉眼已飛到阿提密斯面前，眼看快要射中她時，只見阿提密斯忽然狡猾一笑，神態輕鬆的往旁一讓，避過銀箭的攻擊，竟似乎早已得悉我會有所行動。

「嘻，作為一個資深的獵人，人家怎會不防備獵物的最後反撲呢？」阿提密斯瞇眼笑道：「不過，被『狩獵之瞳』所影響的人，也只有這樣的一次反撲機會啊！」

我擲完這一箭後，果真如阿提密斯所言，再一次被驚畏感侵襲心頭。

可是此刻我的臉上，卻能勉強擠出一絲笑容以對。

「剛才那一擊不算反撲。」我看著阿提密斯，咧嘴笑道：「因為我的目標，根本不是你！」

一語未休，阿提密斯身後突然傳來一絲清脆的破裂聲，接著整個平台突然暗了一點，卻是我剛才所擲出去的銀箭，射破天花板上其中一顆燈泡！

「果然昏暗的環境，可以使我安心下來！」現場燈光變暗後，我感到心頭上的壓力稍微減少。

阿提密斯冷不防我會有這一手，但見她臉上驚詫一現，同時向後急躍，和我再次拉開距離。

我也料不到阿提密斯會有此反應，可是她一退後，我只感身上壓力又減去不少。

我沒有猶疑，自然乘此機會拔掉身上的箭，然後瞄準天花板上餘下的八盞燈泡，手一揚，將箭統統朝燈泡飛去！

啪咧！啪咧！啪咧！啪咧！啪咧！啪咧！啪咧！啪咧！

八聲玻璃破裂聲連環響起後，整個平台一下子陷入完全的黑暗！

在自然界中，許多被獵者的表面顏色，都有一些特別作用。

某些蝴蝶的翅膀上，會長有像野獸眼睛般的花紋，藉以嚇走狩獵者；有些動物身上則擁有和本身居住環境相似的顏色，讓自己能融入地形，即使天敵在旁走過，也難以發現牠們。

眼下我身上所穿，除了黑褲子黑領帶，就是一身奪目的紅襯衫。

我和阿提密斯的獵與被獵關係，始於她的「狩獵之瞳」，我這身鮮紅自然難以影響她。

但方才她的影子投在我身上時，稍微變暗的衣服，讓我猛地醒悟此刻自己實在太過搶眼，同時意識到燈光變暗後，有可能令自己的存在感稍微變弱，令我所承受的被獵壓力，也很有可能因此減低。

一念及此，我便決定弄破燈泡，最終果真如我所料，混跡在黑暗之中後，我的心情立時輕鬆不少。

「畢永諾，你真是一頭很有趣的獵物，但你以為滅掉燈光，人家的銀箭就射不中你嗎？」這時，只聽得阿提密斯在平台的另一端冷哼一聲，道：「你怎麼忘了人家是以氣味來追蹤你的位置啊？」

語畢，一記破風聲響起，卻是她又迅速的發了一箭！

破風聲由遠至近，轉眼已飛到我的面前，但這一次我卻不閃不避，只是冷眼旁觀。

我如斯鎮定，只因這次銀箭的目標，不是我本人，而是我剛剛扯下來的半截斷腳！

我的左腳被銀箭所傷，為了恢復行動力，我本來打算把腐肉挖走，但剛才平台變得黑暗，阿提密斯又後退不少後，我所受的壓力大減，致使頭腦清醒不少。

眼下沒了燈光，只剩魔瞳微弱的紅光，阿提密斯只能單純依懶氣味發射，因此我靈機一觸，便決定扯下半截左腳，然後把腳往旁一拋。

由於有『地獄邪氣』的幫助，我左腳傷口立時快速癒合，相反被我拋開的斷腳，血流不停，腥味大作，因此誤道了阿提密斯，把箭射往斷腳！

一道骨肉破裂聲在我身邊響起，正是銀箭把斷腳貫穿的聲音。

我左腳傷口早已被『地獄』治好，因此在銀箭穿腳聲響起之際，我立時運勁一蹬，憑著記憶，朝頭頂那個灑水裝置跳去！

阿提密斯「噫」的一聲驚呼，似乎發現自己射錯目標，不過她反應迅速，一察覺到情況有異，立時又從背包取過一箭，想把躍昇中的我射下來。

只是，這一次她還未放射，便有一道猛烈的破空聲忽在她面前響起，卻是一柄短戟，正挾勁朝她激旋而至！

我早知以腳受箭，難以瞞她太久，因此在跳躍前，便先飛出其中一柄短戟，教她不能阻止我觸發灑水器。

只聽得遠處傳來「噹」的一聲，卻是阿提密斯以長弓把飛戟擋下，同一時間，我已經提著短戟，躍到灑水器下！

我運勁於臂，伸出短戟，在灑水器周遭的鐵板用力一劃！

刺耳的金屬廝磨聲響起，短戟在鐵板上頓時劃出無數耀眼的火花！

沙！沙！沙！沙！沙！

灑水器感應到火花產生的煙霧，觸動滅火系統，使整個天花板的灑水器同時噴射出力道十足的水花！

水下如雨，瞬間便把整個平台弄得一片濕滑，水滴撒落地上，也「逼逼啪啪」的響過不停。

我隨著水流，落回地上，手中一路緊握短戟，以防阿提密斯又發冷箭，但這回阿提密斯並沒作出任何攻擊，只是任由我回到地面。

「嘿，看來氣味一清，果真能讓你神箭難發……」我一句話還未說完，突然前方又響起一陣破風穿水聲，卻是阿提密斯依循我的聲音，鎖定位置，再發一箭！

現在我的精神雖然仍受「狩獵之瞳」左右，但幽黑無光的環境以及距離，已讓我有足夠的反應，躲過阿提密斯的羽箭。

輕鬆的閃過一箭後，我便不再作聲，只是輕手輕腳地把身上餘下的腐肉挖出來，阿提密斯也暫時緩下了手，不再攻擊。

「你是人家所遇過的獵物之中，最難纏的一頭！」阿提密斯一番失算，不怒反笑，「不過，你也難再囂張多久。」

「為甚麼？」我笑著問道。

「你已沒有心臟支持好一陣子，再多過片刻，你就會缺氧暈倒，唯一保持清醒的方法，自然就是令心臟長回來。」阿提密斯聽到我發聲，也沒出手攻擊，只是繼續說道：「雖然不清楚你為甚麼沒有魔瞳，也能令傷口復原，但要是你挖走胸口腐肉，讓心臟長回來，人家便可依照心跳聲，準確地捕捉你的位置。因此，你無論選擇哪一條路，終究也是落得同一下場！」

「你說得不錯，我頂多只能再支撐一分鐘，就不得不把心臟復原。」說到這兒，我忽地頓了一頓，冷笑一聲，「可是，我也只需要這一分鐘，便已足夠反客為主，因為我已經找出『狩獵之瞳』的弱點！」

「甚麼弱點？」阿提密斯饒有興趣的問道。

「若然我推測不錯，當你打開『狩獵之瞳』後，捕獵能力雖會大大提升，也令變作被獵的我情緒陷入混亂。不過，」我微微笑道：「這項異能還會帶來一個限制。那就是作為獵人的你，不能讓身為獵物的我碰到。」

「你究竟在胡說甚麼？」阿提密斯笑聲輕鬆依舊，語氣卻穩穩透露出一絲不安。

「嘿，你真會裝天真。不過說實在，要不是環境變黑，讓我情緒穩定，偶爾察覺到你舉動中的不妥，這個破綻還真不容易發現。」我微微一笑，朝隱身在黑暗中的她道：「其實首先讓我感到奇怪的，是剛才第一次飛箭破燈後你的反應。」

「第一次飛箭破燈？」

「你本來佔盡優勢，卻在燈泡被破後，不攻反退，後來燈光全滅，你更是完全退到平台一角。」

我笑道：「起初我心神不清，也沒多加留神，但陷入完全黑暗後，精神復原不少，稍一回想，便不禁心下起疑。」

「人家早說了不擅近戰，怕你還有後著，不敢貿然出手，才會後退觀察。」阿提密斯聞言笑道：「你未免想得太多了。」

「真的如此？我那時早已傷痕累累，走動不便，對你威脅有限，就算你再不會近戰，只要隨便幾刀，便可以把我行動完全廢掉。」我冷笑一聲，道：「但你卻急著保持距離，完全沒有趁機收拾我的意思。如此一來，我便推想，你用上『狩獵之瞳』之後，或許就不可以被我碰到。」

這一次，阿提密斯沒有回話，只是輕輕嬌哼一聲。

「其實，我心中還有一個推測。」我頓了一頓，笑道：「那就是『恩底彌翁』的出現時間，也有所限制。」

「哼，你倒有很多想法。」阿提密斯微微嗔道。

「我先前受傷倒地，本是你一舉把我擒住的大好機會，即便你真的不擅近身戰鬥，也可以叫醒恩底彌翁，以他的實力，要收拾那時的我，簡直易如反掌。可是，你卻始終沒有這樣做。」我冷笑一聲，道：「因此我便大膽猜測，恩底彌翁不能隨時出現，說不定一天之中，還有限定的時間！」

阿提密斯聞言不語，但身上所發魔氣卻隱隱有一陣凌亂。

「你果真是人家遇過的獵物中，最特別的一頭。你猜的都不錯，人家要是被你碰到，獵與被獵的關係，就會一下子破滅。」沉默半晌，阿提密斯忽地拍拍手，笑道：「至於恩底彌翁，他確實是條大懶蟲，一天也沒多少時間醒來。」

「果然如此。」我冷冷笑道。

「不過，就算你盡悉人家弱點，又有何用？」阿提密斯笑道：「你失去心臟太久，算起來，應該還只剩下十多秒的活動時間吧？」

「時間雖少，」我握了握手中短戟，冷笑一聲，道：「但已足夠讓我趕來親手碰你。」

「呵呵，就算時間真的足夠，但你有接近人家的能耐嗎？」阿提密斯優雅一笑，道：「你可別忘記，直到此刻，人家的『狩獵之瞳』仍然開著啊！」

一語未休，阿提密斯周身殺氣突然湧現，逼得我心神又是一陣動盪！

「你現在這副模樣，莫說接近人家，連踏前一步也是難事，你就乖乖的等著倒下吧。」阿提密斯打了一個呵欠，又再笑道：「人家和你糾纏了這麼久，也感到累了，待會兒把整個地下基地攻陷後，得好好補眠一下。」

「嘿，不用等那麼久，我現在就可以令你安然入夢！」

我的聲音，突然出現在阿提密斯的左前方！

阿提密斯大吃一驚，卻立時作出反應，拈箭搭弦，瞬間已朝我發聲的方位射去！

可是，我早猜到她會有此一舉，剛剛把話說完後，我已立時無聲無息地轉了走動方位，阿提密斯這一箭自然落空。

現在四下漆黑無光，水源不絕，不單把我的位置隱藏，連血氣也清洗得一乾二淨，加上我步法輕柔，又有水滴聲作掩護，阿提密斯一時難以捕捉我的位置；相反，她為了和我保持狩獵關係，不得不打開魔瞳，如此一來，雖然我只有一般的聽力和視覺，但她身上那股濃郁的魔氣，反讓我輕易得知其所在。

「這怎麼可能？」阿提密斯終於不再氣定神閒，抓住弓箭，略帶慌張的道：「你應該還被『狩獵之瞳』所影響，怎麼還可以如此迅速行事？」

「嘿，多虧你提醒了我，作為獵物我有一次反撲的機會。先前飛箭，我只為破燈，及後擲戟，只為阻你發箭。」我冷笑一聲，道：「這一次，才是我真正的最後反擊！」

阿提密斯故意引我說話，藉以捕捉我的位置，但我的笑聲或左或右，飄忽不定，教她難以判斷我身在何處。

「你以為這樣就可以難到人家嗎？」阿提密斯嬌哼一聲，「你太小看人了！」

語畢，阿提密斯突然矮身伸腿，長腿筆直的在地面上劃了一個半圓，把積水濺成一匹幾近兩米高的水牆，覆蓋了她身前所有範圍！

這時，我已走近阿提密斯十尺內的距離，冷不防她會有此一著，突然一股冰涼透心，卻是我身不由己地撞進水牆，弄得渾身徹底濕透。

就在我衝破水牆後，身邊突然響起一陣「沙沙」聲，卻是其餘的水牆自高空落下，撞擊地面的聲音。

聽到這些聲音，我便立時明白到，水牆的目的是要試探我的位置，因為我用身體擋了水牆，因此所在方向，自然沒有這水流撞地聲，阿提密斯稍加留意，便可發覺！

「找到你了！」

阿提密斯嬌笑一聲，玉手一連扣上三箭，同時朝我左中右三方發射，把我閃避的路線盡數封住！

我聽著凌厲的破風聲，心裡大為驚震，獵物的本能幾乎要制住我雙腳前進，但想到這是我最後一擊，加上時間所剩無幾，不容後退，終究還是仗著心裡僅存的一絲反抗意識，拼命前衝！

衝跑之時，胸口忽地傳來一陣無比痛楚，卻是銀箭帶勁，貫穿了我的胸膛！

霎時之間，我只感血氣充斥胸肺，口中一甜，幾乎要把鮮血吐出來，但此時我已憑藉她的魔瞳紅光，看到阿提密斯的高瘦身影，心中一凜，硬是壓下這口鮮血，繼續狂奔！

阿提密斯萬萬想不到我中箭之後，還能硬著頭皮前進，早已嚇得嬌容失色。

慌亂之中，阿提密斯卻不忘取箭，欲再發射，但這時我已衝到她身前兩米，她已然來不及阻止我的前進！

看著眼前紅光，大約估量阿提密斯的所在後，我提起體內最後一口氣，一個滑步，衝到她的面前，伸手就是一掌！

由於我和阿提密斯距離實在太近，她雖扣箭在弦，也阻止不了，只得眼巴巴看著我的手掌，越過長弓，直擊她的小腹！

我這一掌軟弱無力，難以對阿提密斯造成傷害，但當我的手掌碰到她的小腹時，一直纏繞著我心頭的擠壓不安感，突然一下子消失無蹤！

「果然只要碰到阿提密斯，就可以解除『狩獵之瞳』的效果！」

那種久違了的自在感覺充滿全身，使我心中為之大喜，手上卻不忙立時把胸口腐肉挖走。

可是，當我心臟稍微回復了一點的時候，只見眼前朱紅邪光一閃，接著，一道冷冷的男聲突然自我頭頂響起：「狩獵遊戲還沒完結啊！」

我抬頭一看，只見「慵」的神情婉柔不再，取而代之是一張英氣十足的俏臉！

「你先前所說，十有九中，但獨有一事猜錯，」變成恩底彌翁的「慵」睥睨著我，冷笑一聲，道：「那就是我醒來的時間！」

恩底彌翁說著，手中長弓倏地一分為二，變回兩柄修長木刀，接著左手一揮，竟把我握著短戟的手，齊肩斬斷！

「我的確不能長久作戰，但作為一個精明的獵人，阿提密斯怎會事事用盡？」恩底彌翁冷冷笑道：「我們早留一手，就是預防會有像你這樣的獵物出現。雖然我不過片刻，又要再次沉睡，但這下子，你可以乖乖就擒了！」

一句話還未說完，恩底彌翁舉刀又斬，目標就是我另一條手臂！

可是，這次我看著勁力十足的木刀，神情不再畏懼。

嘴角，反而輕輕勾起。

恩底彌翁看到我的表情，心下大感奇怪，但手上木刀沒有絲毫遲緩，依舊筆直地斬下來。

只是，他這一刀還未碰到我，整條右臂便突然和身體詭異的分開！

恩底彌翁那被鮮血染滿的臉孔，萬分錯愕，因為我明明站在他面前，但他卻感覺到斬下他手臂的一擊，乃是自身後而來。

他忍不住轉頭一看，只見身後有一道長長的黑影略過，凝神一看，赫然發覺那竟是一條由十數截前臂組成的「人肉鍊子」！

肉鍊上每一截手臂的五指，皆握著另一條手臂，五指深插其中，如此環環相扣，甚為牢固。

但見肉鍊最前端的斷手，銀光閃爍，竟是勾著我先前所擲出的短戟，至於肉鍊的另一端，自然被我拿捏手中。

「你們懂得留有一手，我也懂，而且還一留就是十多『手』。」

我看著一臉愕然的恩底彌翁，邪笑道：「現在以臂還臂，看來這個狩獵遊戲，的確可以終結了！」

我放聲邪笑，適才被恩底彌翁斬下的手臂，已然被『地獄』復原，旋即拾起地上短戟，朝恩底彌翁砍去！

其實剛才我詳細道破阿提密斯的弱點，一為擾亂她的心神，二為確認我所想不錯，三則為爭取時間，好扣成這條手臂肉鍊。

當我想到「狩獵之瞳」的破綻時，心中已立時想到，「慵」身為「七罪」，既然魔瞳有一個致命破綻，定必留有一手，以填補不足，因此我便稍微盤算，想出對應之策。

適才破燈之後，我便用腋下夾住短戟，雙手則輪流把五指插入另一臂中，撕扯掉整條前臂。如此來來回回，左右互替十數次，終形成一條足有十來米粗的「手鍊」。

由於清水流過不停，我扯斷手臂時所產生的血氣也被盡數沖洗掉，阿提密斯自然難以察覺。

不過，這方法其實有點冒險，要是阿提密斯堅持不斷發箭搔擾，我也不可能完成這條「手鍊」。可幸她先前一擊不中，便不再追擊，也不知是怕浪費羽箭，還是一個「懶」字作祟。

「手鍊」完成後，我便把它纏在腰間，接著便提戟朝阿提密斯攻去。

我知道自己仍是「獵物」時，只有一次攻擊的機會，因此心思全放在那解除關係的一掌之中。

一掌得手後，我感覺到「慵」身上魔氣氣息有所變化，便知道她要轉換人格，心神定必有一絲不穩，趁此空隙，我便解下腰間「手鍊」，繞過「慵」揮出去。

先前我擲出短戟被擋，漆黑之中雖難以看到它飛往何處，但我卻清楚記住其最後發出碰撞聲的位置，因此「手鍊」自然往那兒揮去。

雖然「手鍊」上的斷臂不能抓物，但戟上有勾，因此還是能順利把戟「回收」，最終看準機會，把恩底彌翁的一隻手斬斷下來！

眼看短戟快要砍中恩底彌翁錯愕的俊臉，卻見他及時醒覺，橫刀一擋。

我心臟才剛復原，力氣不夠，給他順利格開短戟，但我左手立時一振，「手鍊」在空中轉了一圈，短戟又自他背後擊去！

先前恩底彌翁被我斬去一手，半是出奇不意，半是他人格剛轉，心神未定，現在有了防範，甫聽到背後風聲有異，他便即一個錯步，避過短戟。

可是，我沒有打算就此放過他，右手提戟，左手控鍊，一前一後不停夾擊，不給他一絲喘息的機會。

先前恩底翁彌被我砍下右手，由於短戟以銀所製，傷口不清，斷手難復，因此只得以單刀應戰，不過恩底彌翁身手也是不凡，只以一刀，竟能守個密不透風，未有增添損傷。

可惜，就在數個回會交手之後，恩底彌翁忽然一臉焦急，刀招加快，把我稍微擋開，便閃身往旁跳開數丈遠。

接著，只見他閉上雙眼，再睜開時，發出紅光的眼瞳，已由左變右。

我知道，此刻的「慵」已變回阿提密斯。

乘她人格轉換，稍微分神之際，我重施故技，「手鍊」一甩，當阿提密斯完全清醒過來，她便斷了餘下的一臂！

「你好狠！」阿提密斯瞪著我，語氣中卻隱隱有些驚慌。

「嘿，不狠的話，恐怕又會被你當作獵物般作弄。」我冷笑一聲，把「手鍊」抽回，接過鍊上短戟。

此刻她沒了雙臂，再也不是我的對手，因此我便把「手鍊」捨去，收回雙戟。

當我正想把她了結時，突然之間，我只感眼前一黑，竟是阿提密斯把魔瞳闔上。

魔瞳一關，阿提密斯周身不再散發魔氣，我也無法確定她的位置。

我雙戟緊握在手，小心戒備，正暗想辦法之時，身後突然燈光大作，同時有一陣機關運轉聲。

我聞聲轉身，只見升降平台大門竟已打開，一道人影閃過，卻是阿提密斯趁機逃走！

其實，我是有心放阿提密斯一馬，因為這座平台大門的開關，早已被撒旦教所操縱。

要是我把她擒下，未必能逼她打開大門，到時糾纏在這平台之中，更是麻煩，因此倒不如讓她情急之下，主動開門逃走。

看到阿提密斯的身影離開平台，我沒有多想，立時提戟追上。

由於在黑暗之中作戰良久，當我回到廣場，強光不禁讓我眼睛一花。

可是，待我視力回復，看到周遭情況時，不禁大感震驚。

只因此刻廣場之上，不論是殲魔戰士、殺神小隊、四罪，還是三名目將，皆統統倒在地上，昏迷不醒！

每人臉色皆是蒼白帶紫，竟似是中了劇毒！

第六十一章——天界劇毒

第六十一章 天界劇毒

在燈光的照射下，中央廣場的空氣看起來有點混濁不清，微帶灰白。

我心中大驚，連忙閉上氣息，以免吸入毒氣。

阿提密斯見狀也是愕然，但她腳下不停，一直朝出口奔去。

我瞪著她的身影，冷笑一聲，右手短戟突然脫手急飛，朝她雙腿旋飛而去！

阿提密斯聞聲也不回頭，只是輕輕一蹤，任由短戟在她腳底飛過。

我早料到這一擊定然難以命中，因此看準時機，在她跳起的剎那，投出早已扣在手中的兩根羽箭！

兩箭直朝阿提密斯的小腿射去，可是快要射中時，她忽然雙腿後踢，把一雙鞋子踢了出來！鞋子挾勁後飛，不偏不移的打中羽箭，雖不致把箭擊落，但足已令箭勢偏離落空。

可是，兩箭被打落不空，阿提密斯背後再次響起尖銳的破風聲，這一次，卻是我把手中餘下的短戟一併擲出！

阿提密斯跳勢已盡，也再沒有別的東西格擋，霎時血肉紛飛，雙腿終被短戟斬成兩段！

缺了雙腿，阿提密斯只能脫力倒地，再也走動不得。

她四肢皆被我銀製短戟所切，傷口一時不會復原，因此我沒再理會她，徑自走去察看昏倒的眾人。

「連魔鬼都抵抗不了，這倒底是甚麼劇毒？」看著地上中毒倒地的眾人，我心中暗暗吃驚。

此刻躺在地上的凡人，不論是殲魔協會或是撒旦教的都幾已中毒斃命；至於魔鬼們由於身體質素較高，又有魔氣護體，雖然陷入昏迷，但一時未有性命之憂。

我檢查了一會兒還是不得要領，正想從阿提密斯口中探一些口風時，怎料當我走到她身邊，才發現她竟也中了毒，昏迷過去！

「她和我一樣閉著氣，怎麼會中毒了？」我看著變得紫白的俏臉，心中疑惑，「難不成，毒並非經由空氣傳播？」

一念及此，我突然想起其實自己在升降平台中逗留的時間並不是太久，前後大概半小時左右，要是由大門關上開始算起的話，更是不足十分鐘。

假設毒真的從空氣中散播，那麼必定是平台大後關上後才開始，不然我和阿提密斯早就遭殃；可是以楊戩他們的肺活量，絕對能夠閉氣戰鬥十分鐘以上，只是不論是殲魔協會或是撒旦教的魔鬼，都統統中招，那麼顯然這毒即使不呼吸，也會沾上。

「但為甚麼我能幸免於難？」我心中忽然閃過一個念頭，「難不成是『地獄』抵消了的毒的侵襲？」

我稍微吸下一小口氣，腦中突然一陣暈眩，但在同一剎那，『地獄』又生出出一股涼氣，流向我的腦袋，令昏暈的感覺一下子消失。

「果然如此。」我心中暗暗吃驚，「這『地獄』用途不少，難怪孔明指示我非要得到不可。」

正當我在暗暗驚嘆之時，突然間，我聽到遠方傳來一陣慘叫聲。

由於和「慵」對抗多時，短戟上早被砍出不少缺口，不利再戰，我隨便在地上拾起一把還有彈藥的機槍，便即遁聲而去。

本應處處皆兵的地下城，此刻竟一個活人也沒有，宛如死城！

一路上，我看到地上有不少人中毒倒斃，但這些人盡是殲魔戰士，而殺神小隊大多都集中在出入平台附近。

「難道嘯天犬順利擋下了『饞』？不然這兒應該早佈滿撒旦教的人。」看到如此情況，我心中暗自猜測。

其實我曾想過毒氣乃第三方所釋放，但觀乎此刻整個地下城都頗為平靜，不像有他人趁虛攻襲。

又走了一段路，我忽地嗅到前方血腥味大作，便即放輕腳步，解開機槍的保險扣，小心翼翼地前行。

我這時已來到大衛城下三角區的訓練場入口，面前就是放滿無數訓練儀器的場地。

本來，這兒該有不少殲魔戰士在訓練，但此刻偌大的訓練場中，戰士們早已疏散不見，場中只有一獸一人，卻是嘯天犬及「饞」！

我小心走近，只見變成數米高的嘯天犬橫臥在地，已然昏迷過去，至於「饞」也是中毒暈倒，但見他浴血在嘯天犬面前，下半身不翼而飛，只剩下血肉模糊的傷口。

我看著「饞」那半開的嘴巴，想起他的魔瞳能力，心下忽然閃過一個念頭：「難不成他被嘯天犬逼得走投無路，所以口吐毒氣，想要同歸於盡？」

此刻他昏倒過去，魔瞳自然沒有打開，但我卻感覺到這兒的空氣比其他地方來得混濁。

「要是毒先由這兒釋放，那麼嘯天犬和『饞』應該比在中央廣場的眾人早中毒。」我摸著下把，心下暗忖，「可是，剛才明明有人聲從這兒傳來。」

訓練場雖然佈滿儀器，但整個地方一眼就能看得一清二楚，無處可以穩藏。

我大感疑惑時，眼角忽瞥見嘯天犬的臉突然動了一動！

我本以為嘯天犬還有知覺，拍了拍牠的臉龐後，嘯天犬依舊毫無知覺，但牠口腔中忽然有人驚呼一聲！

「誰！」我槍口一指，沉聲喝問。

過了片刻，只見嘯天犬的嘴巴突然微動，稍稍咧開，接著竟有一名男子從中探頭出來！

這人渾身殲魔戰士的純白紅十字武裝，棕髮碧目，我認得他是塞伯拉斯其中一名近身戰士，名叫貝碧夫。

「畢……畢先生，能見到你實在太好了！」貝碧夫本來一臉恐慌，看到我不是敵人，才稍微鎮定下來。

我把槍放下，連忙追問道：「究竟發生甚麼事了？你們會長和其他人呢？」

「我們得知有撒旦教大舉進攻，便即結集整個地下城的戰士，再將兵力分成兩股，一股派去支援中央廣場的眾人，另一半則護送一眾政要從緊急出口離開。」貝碧驚魂稍定，道：「我本屬於護送政要的一股，當護送到他們差不多到出口時，便遇到會長。他放心不下中庭的情況，便著我獨自回來視察，看看是否需要增加援兵。」

「但你為甚麼會來了這兒？還藏在嘯天口中？」我奇道。

「地下城的電腦系統不知怎地失靈了，大部分通道都被鎖死，只剩下一條主道連接各區，教我不得不繞路走，我亦因此途經這裡，卻發現獨目將和這矮子都昏倒地上。」貝碧夫回憶時，仍是一臉餘悸，「我上前察看他們情況，怎料獨目將此時突然醒了過來，而且張口把我整個人，一下子吞在口中！」

「這樣的話，嘯天犬乃是不久前才完全陷入昏迷？」我摸著下巴暗忖。

其實嘯天本為異獸，抵抗力比常人強大得多，加上身上有厚長的毛髮，也許因此能比其他魔鬼多捱上一段時間。

「我本想掙扎離開，但忽然有一道聲音自我耳邊響起，吩咐我別亂動。」這時只聽得貝碧夫續道：「那聲音語調奇怪，語氣中卻有一股力量，教我不敢不從。我待在獨目將的口腔中，直到聽到畢先生你的聲音，這才爬出來。」

「那聲音該是獨目將以『傳音入密』的方式跟你說話。」我看著半身仍在嘯天口中的貝碧夫，道：「只是我想不到他為甚麼要把你吞下。」

「這一層我也是萬分不解……」貝碧夫搖頭說著，忽然渾身一震，然後軟軟的倒下去。

只見貝碧夫臉色變得慘白，微微發黑，竟已中毒了！

看到貝碧夫的中毒臉容，我心下猛地醒悟：「我明白了，嘯天犬是希望藉貝碧夫來傳話！」

地下基地的通道此刻大多封鎖，因此毒氣只會從打開了的出入口流出去。

嘯天和「饞」二人乃是從中央廣場來，因此通往那邊的通道早打開了；至於通往緊急出口的通道，卻是直至貝碧夫進來後才開通，毒氣應該也是從那時開始才傳散出去。

「饞」把毒氣放出來，自然是希望把整個地下城一網打盡，如此有恃無恐，很有可能因為撒旦教還有後續部隊正在趕來。

要是地下城數萬殲魔戰士真的一下子被毒氣所殺，那麼撒旦教攻下來便如履無人之境。

嘯天想要提醒塞伯拉斯，但他身中劇毒，走動不得，恰巧貝碧夫來到，便把他含住，希望能保住他的命來傳話。

貝碧渾身武裝，頭戴頭盔，只有部分臉部曝露空氣之中，加上剛才進來不久，便被嘯天犬所吞下，因此應該只沾上了極少量毒氣。

嘯天犬把他吞下，使他從毒氣中隔離，得以保命，可是嘯天似乎還未來得及吩咐他通知三頭犬，便中毒太深，昏迷過去。

「得儘快通知三頭犬，毒氣正朝他們方向擴散。」我取過貝碧夫身上的對講機，可是對講機一直只放出「沙沙」的干擾聲，竟已失靈！

我暗罵一聲，因為對講機失靈，表示我得親自去警告三頭犬。

我記得地下城的緊急出入口在上三角的科研區，便即提起機槍，離開訓練區。

來到大門處，只見停了一輛兩輪車，似乎剛才貝碧夫正是乘它而來。

我站了上兩輪車，啟動馬達，身體微微傾前，兩輪車立時呼嘯前衝。

兩輪車速度頗快，比我現在奔走速度還要迅速，倒也方便。

我這時抬頭一看，但見此刻通道上，空氣也正慢慢變得混濁。

通道上的大門先前因為貝碧夫，早已被打開過一次，因而令原本在訓練區的毒氣，開始朝這一邊流竄。

「我得比毒氣率先去到科研區，不然整個殲魔協會真的會毀於一旦！」我心中一凜。

不過，雖然貝碧夫打開了通道上的門，令毒氣流向科研區，但亦令不熟路的我，得知離開路線。

我不停加速，盡量拋離毒氣，如此飛馳了一段時間，忽然聽見前方傳來一陣嘈吵但整齊有序的馬達發動聲。

又過片刻，我終於看到了殲魔戰士的車隊在前頭。

眼前只見黑壓壓一片的盡是運輸裝甲車，每四輛並列而走，令本來甚為寬闊的通道顯得頗為擠擁。

最後排的四輛裝甲車，各有一名殲魔戰士，手執車裝上的重型機關槍，站在天窗戒備。

他們發現我高速接近，立時齊聲喝止，但見我完全沒有停下來的意思，眼看便要朝我開火！

「停手！」

突然之間，一把粗豪卻有威信的聲音自車隊的最前端響起，阻止了四名殲魔戰士開火，「是畢永諾嗎？」說話者正是三頭犬塞伯拉斯。

「塞伯拉斯，是我！」我高聲應道，同時扭動手柄，再次加速。

眾人聽到塞伯拉斯的話，立時明白我是友非敵，便即讓開一條狹小的路，使我能穿過車隊而上。

我來到車隊的最前頭，但見塞伯拉斯正站在一輛裝甲車的天窗之中，透過車窗，我又看到瑪利亞、莫夫、子誠、林源純以及教宗都在車內，另外那些政要首領，也分別在周遭其他幾輛裝甲車之中。

我一手抓住兩輪車，然後踏著裝甲車身，輕輕一縱，連人帶車跳到車頂上。

我才蹲好，便即跟塞伯拉斯凝重的道：「你們要加快速度！撒旦教釋放了致命毒氣，正在朝這兒擴散！」

塞伯拉斯聞言，一雙圓目睜得老大，但他處變不驚，立時往後方車隊，振臂高呼道：「大夥兒，我收到消息，我們那些與撒旦教魔頭周旋的弟兄姐妹，已有半數犧牲了！」

感到悲痛和激憤。

一眾殲魔戰士雖早有心理準備，知道前去抗戰的人凶多吉少，但此刻聽到會長親自宣佈，也是

「我們的同伴用自己的鐵血，阻擋撒旦教的魔頭，目的就是要替我們製造機會，一個能扭轉局勢的機會！」塞伯拉斯正容說道：「為了死去的戰士，為了還在奮鬥的同伴，我們要加快腳步，預備戰鬥！到達地面時，我們立刻截住出入通道，上下夾擊，把那些狂妄囂張的傢伙，一網打盡！」

眾人聞言，沒有發出半點聲音，因為他們知道敵人仍在基地之中，不可吸引對方注意；可是，此刻每一名殲魔戰士的雙眼，都散發著激動如火的目光，即便我沒了魔鬼的敏悅感覺，仍然能感受到那腔熱血、那腔仇意！

「願聖父、聖子、聖靈，賜予我們屠鬼殲魔的力量。」塞伯拉斯沉聲說道。

「果然是一會之主，說話總有一股攝人的魅力。」塞伯拉斯三言兩語就能激勵士氣，我看在眼裡，不禁大感佩服。

塞伯拉斯朝眾手下揮一揮手，便轉回身來，向我小聲問道：「貝碧夫他人呢？」

「他不幸沾上毒氣，死了。」我看著他回道。

塞伯拉斯似是早已料到，眉頭沒緲一下，只是神色平淡的道：「快告訴老衲，究竟是甚麼一回事？」

我把事情粗略地告訴他後，塞伯拉斯那副粗獷的臉孔，終於變得凝重起來。

我察覺到他神情有異，便即問道：「怎麼了？這毒氣有甚麼古怪？」

「這不是普通毒氣，而是『**潘朵拉之毒**』。」塞伯拉斯皺眉濃眉，沉聲說道：「想不到這毒，原來尚在人間。」

「『**潘朵拉之毒**』？」我聞言奇道：「就是傳說中把『**不幸**』釋放出來的『**潘朵拉**』嗎？」

「正是那個『**潘朵拉**』，這能令魔鬼也抵擋不了的毒氣，則是那些『**不幸**』之一。」塞伯拉斯邊頓了頓，道：「不過，和傳說有所出入的，就是那些『**不幸**』，並非『**潘朵拉**』意外釋放，而是有意為之。」

「有意為之？」我看著塞伯拉斯，一臉不解。

「這個『**潘朵拉**』乃是第一次天使大戰中，天使軍為了對付我們魔鬼所製造出來的『**戰鬥天使**』。」塞伯拉斯頓了頓，道：「也是第一個，非『**神**』造的生物。」

「『**非神造生物**』？」我皺起眉頭。

「在那個時代，天地萬物皆由天上唯一所創造，可是在第一次天使大戰爆發初期，祂卻因為創世耗力甚多而閉關休息。而沒了『神』的幫助，天使軍便難以抵擋實力較高的叛軍，十數次交戰下來，皆是輸多勝少。」塞伯拉斯仰頭，回憶著那遠古第一戰，「後來，天使軍為了加強戰鬥能力，其中一名大天使便製造出『潘朵拉』。這『潘朵拉』雖為生物，可是無思想無智慧，僅為一具只懂殺戮的機器。不過，它乃是為了對付叛軍所設計，因此身上武器皆針對天使的弱點。」

「這『潘朵拉之毒』就是其中之一？」我問道。

「不錯，這毒氣只要有一點沾上了皮膚，便會立時滲入血管，迅速流遍全身，實是厲害。」塞伯拉斯點頭說道：「這毒雖然不會致命，但卻是無藥可解，中了毒的人都會陷入昏迷，終身不醒。魔鬼和天使同出一源，自然抵擋不了。」

「那麼這『潘朵拉』的出現，豈不是能扭轉天使大戰的形勢？」

「要是能大量製造的話，也許第一次天使大戰用不著天上唯一出手，我們叛軍也會給天使軍完全平定。」塞伯拉斯嘿嘿一笑，道：「不過，『潘朵拉』結構複雜，天使軍也只有那麼一台。它雖為天使軍取下不少勝仗，但畢竟雙拳難敵四手，最終還是給我們拆了。」

「既然早在遠古被拆，為甚麼『潘朵拉之毒』會突然出現？」我疑惑道。

塞伯拉斯皺起濃眉，道：「也許，是因為當初殺死『潘朵拉』的天使，暗中把這毒留下了。」

我想了想，問道：「殺死『潘朵拉』的天使，是薩麥爾吧？」

「嗯，就是那傢伙。『潘朵拉』戰鬥不經思索，因此出手奇快，而且有一種異常快速的復原力，所以當初撒旦便讓天界速度第一的薩麥爾出手，以快制快，把『潘朵拉』給毀掉。」塞伯拉斯摸著下巴說道：「那廝可能就是在那時候私下把毒藏起，以他的迅雷手法，自然沒人能發覺得到。」

我想了想，道：「薩麥爾保留了這麼多年，直到今天才拿出來使用，看來這一次，撒旦教是動了真格。」

「嘿，老衲的殲魔協會，奉陪到底！」塞伯拉斯冷笑一聲，道：「不過，老衲倒在想，他如斯有恃無恐散播『潘朵拉之毒』，也許代表撒旦教有解藥在手。」

我點頭認同，道：「我也是這麼想，畢竟『七罪』的實力不弱，薩麥爾還未蠢到折斷自己手中利劍。」

「嘿，不過說起來，老衲還有一個疑問。」塞伯拉斯忽然瞪著我，問道：「小朋友，你怎麼能不被『潘朵拉之毒』所影響呢？」

我看到塞伯拉斯起疑，自知再難隱瞞，想了想，終究決定向他坦白，「其實，『地獄』就在我的身上。」

「甚麼？」塞伯拉斯一手抓住我，大聲激動的說道：「『地獄』……在你身上？」

其他殲魔戰士聽到塞伯拉斯突然呼喝，以為出了狀況，紛紛向這邊緊張探頭。

塞伯拉斯自知失態，連忙揮手示意沒事，這才把頭湊近我，小聲問道：「小子，你沒騙老衲？」

「我沒必要騙你，『地獄』真的在我身上。」說著，我讓塞伯拉斯把抓住我的手放開，然後捲起衣袖。

但見我手臂紅了一大片，而且肌肉微微下陷扭曲，卻是塞伯拉斯剛才情緒過分激動，出手力度太大，把我手臂的骨都給捏碎了。

不過，我才捲起衣袖不久，手臂上的紅印迅速消退，而肌肉也慢慢鼓脹，卻是手骨自動復原癒合起來。

「我所沾的『潘朵拉之毒』，就是這樣給『地獄』抵消了。」我看著塞伯拉斯笑道，同時把衣袖放下。

塞伯拉斯一臉難以置信，無言激動良久，才稍微平靜下來，看著我語氣疑惑的問道：「你究竟還有甚麼事瞞著老衲？」

「還有一件事。」我嘆了一聲，道：「那就是我的『鏡花之瞳』，自從青木原一戰後，便打開不了。」

「為甚麼會這樣子？」

「我也不知道。」我一臉無奈，「我原以為『地獄』可以重新激活『鏡花之瞳』，可是卻事與願遺。」

「老衲也未曾聽過此等現象。不過，眼下也不是深究的時候，待此戰完結，咱們再翻閱古典，看看過往有沒有相關的紀錄吧。」

「唯有如此。」我點點頭，又問道：「現在地下基地還剩下多少兵力？」

「大衛星地下城本來有三萬名殲魔戰士，當中有一萬先頭部隊去中央廣場殺敵，後來老衲集結餘眾後，又多撥了一萬五千去支援。」塞伯拉斯頓了頓，道：「因此，咱們這車隊也只有五千兵力。」

「但我依我看，你們的火力也不怎麼厲害。」我皺眉問道。

「原本咱們還有不少大殺傷力的兵器，可是撒旦教入侵了我們的電腦系統，把兵器庫鎖死！」

塞伯拉斯冷哼一聲，道：「其實咱們還有其他的戰士在歐洲各國，當中最接近的就是法國一萬名殲魔戰士，在地下城被入侵時，我已向他們發出緊急出動的指令。」

「但法國距離這兒說近不近，而且難保撒旦教不會早有埋伏，從中阻撓。」我苦笑道：「只希望撒旦教不會這麼快發現我們吧。」

「嘿，很可惜，薩麥爾不是一個如此粗心大意的人。」塞伯拉斯忽然抬頭看著天花板，冷笑道：「老衲已感覺到一個『老朋友』的殺氣了。」

「那我們該怎麼辦？」我皺眉問道。

「拼死一戰。」塞伯拉斯看著背後的整齊有序的車隊，傲然一笑，道：「別小看人類的殺傷力啊！」

話說之間，車隊已經來到上三角科研區。

在這個科研區之中，有一個偌大的場地，地面車痕累累，原來是殲魔協會的戰車測試場地。這個測試場除了入口以後，其餘三面皆是鋼牆，可是塞伯拉斯領著車地駛進測試場後，並沒有叫眾人停下來的意思，而是讓所有裝甲車隨著他，衝向最遠的一面鋼牆！

一眾殲魔戰士心中雖感疑惑，但卻對塞伯拉斯有無比信心，裝甲車隊的速度只有增無減！

「各位，這大衛星地下城建立千年有餘，這些年來從未被敵人強行入侵過，因此這條緊急出口，還是千年來第一次打開。」塞伯拉斯回頭看著一眾戰士，語氣激昂，聲若洪鐘的喊道：「殲魔協會此刻就和我們一般，正面臨難敵人如銅牆鐵壁的圍攻。不過你們緊緊記住，再堅固的牆，也可以打出一個缺口！」

說罷，塞伯拉斯忽然放聲咆哮，雖然還是人形，可是那哮聲如虎似獅，響亮得在整個測試場中徘徊不絕！

片刻過後，忽然一把冰冷的電子合聲自天花發出，說：「聲紋確認：塞伯拉斯。」

就在同一剎那，我們眼前的銅牆突然後斜斜倒下，原本封死的牆壁，竟一下子變成往上傾斜延伸的通道！

眼見前方道路大開，一眾裝甲車自然不會停下，呼嘯直衝過去！

這緊急秘道和測試場一般寬闊，燈光頗為昏暗，牆上每距五米左右才會有一盞燈，不過一眾殲魔戰士訓練有素，裝甲車雖然才僅僅通過秘道，但車隊並列而行，不徐不疾，倒也沒有任何相觸。

待車隊統統進入秘道後，塞伯拉斯便再嘯一聲，只聽得遠處「隆隆」之聲響起，卻是入口的鋼牆又關上了。

如此一來，「潘朵拉之毒」應該暫時只會留在基地裡面，不會洩漏到地面上。

「各位弟兄，再過片刻，秘道盡了，我們就會出現在羅馬郊區。此刻地面之上，早已佈滿撒旦教的魔頭！因為他們就像狐狸一樣，只懂匿藏在陰暗角落，埋伏落單了的兔子。」塞伯拉斯掃視身後的手下，傲然笑問，「可是，我們是兔子嗎？」

數千名殲魔戰士，不論車外車內的，同時猛喝一聲：「不是！」

這千人齊喝，竟喝得通道有一點兒震動！

「不錯！你們不是兔子，而是一群能殺善搏的雄獅！這一點我知道，你們知道，接下來就讓撒旦教那幫傢伙也深刻見識一下吧！」塞伯拉斯肩負著那柄扁平銀棍，豪氣說道。

塞伯拉斯說話時，身上魔氣隱現，我又留意到他那柄純銀鞭棍，隱約有些紅光閃爍。

細心一想，我便明白到他該是打開了腦後兩隻魔瞳，再以鞭棍光滑的表面反射，刺激眾戰士的情緒，進一步提升戰意。

我心中才暗讚一聲，遠方突然傳來一點光線，卻是秘道出口在即，地面上的月光已映照進來。

「雄獅們，出口已到！抓緊你們的槍，上好彈膛，記住那些撒旦教魔鬼的惡行，他們如何踐踏人命，如何摧毀和平，我們這一戰是希望讓邪惡終止！」塞伯拉斯看著眾人，放聲高呼：「這次交手，只是我們和撒旦教之間的第一戰，但我要你們統統留住性命，和我一起，戰到最後！」

「戰到最後！」五千戰士，又是齊聲一喝！

「讓我們殺！」塞伯拉斯銀棍高舉，猛喝一聲，聲音在秘道激烈迴盪，宛如雷響！

一聲剛畢，裝甲車隊剛好在這時衝出秘道！

但見秘道之外，是一片野外平地，沒有任何建築，任何樹木。

可是，如此荒涼的地方，此刻卻有一人，站在秘道出口不遠處。

那是一個，不論是臉胦還是周身四肢皆長滿長毛，神情古靈精怪，手執一柄銅色怪簫的毛人。

「臭猴子，我們又見面了！」

塞伯拉斯傲然一笑，提起鞭棍，突然身影一閃，殺到孫悟空的面前！

第六十二章——獸人攻防

第六十二章　獸人攻防

孫悟空早有防備，手中『靈簫』猛地增長，「錚」的一聲，便把塞伯拉斯的銀棍擋在開外。

塞伯拉斯一擊不成，握著銀棍的手忽地一抖，銀棍立時解體散開，化為那九九八十一節鞭！

銀棍化鞭，塞伯拉斯的攻擊立時由剛變柔，但見銀鞭的一端如蛇般纏住『靈簫』，教它動彈不了，另一端則如箭離弦，飛快的朝孫悟空其中一隻握簫的手射去。

雖然交手只是電光火石，但塞伯拉斯這一擊大有心思，這八十一節鞭每一節皆是鋒利的刀片，要是給削中了，孫悟空必定要留下半隻手掌；要是他放掌閃避，那麼『靈簫』就會順勢給三頭犬索去。

「嘿，臭狗，小小招數，難不到本大聖！」孫悟空怪笑一聲後，外貌忽然一邊，竟變成了一名絕色美女。

這美女不是別人，正是妲己！

就在孫悟空變身後不久，塞伯拉斯的節鞭已然射中了他的手背，可是鋒利的節鞭並沒有削開手掌，而是從那如白玉般的手滑了開去！

「玉脂功！」我在車中遠遠看到，忍不住叫了出來。

塞伯拉斯頗感愕然，但三頭犬終究是三頭犬，只見他大手運勁一振，那被滑走的節鞭一端忽然像活了一般轉頭一甩，反朝孫悟空的魔瞳射去！

魔瞳是魔鬼的根本，玉脂功再厲害，孫悟空也不敢以自己的「色相之瞳」作賭注。

他渾身魔氣一湧，『靈簫』再次增長，但這一次伸長的是另一端，令孫悟空的人整個後飛，恰恰躲過塞伯拉斯傷眼一擊。

孫悟空後躍數米，把『靈簫』變成短棍，然後反手抓臉一下，搖身一變，成了一名短小漢子，滾地又朝塞伯拉斯殺去。

兩人交手至今不過十數秒，但孫悟空已變換了七個人物，雙方短兵相接了數十多遍。

這一輪戰鬥，兩名七君互不相讓，只是在招數上取勝，尚未有一人濺血。

可是我看在眼內，心中大感奇怪。

我曾分別和二人交手，大約捉摸到他們的實力，按理說塞伯拉斯應該比孫悟空略勝一籌，但此刻表面看來，雙方只是勢均力敵，而且塞伯拉斯的神色，還遠不如孫悟空輕鬆。

「怎麼了？」瑪利亞見我神情有異，便小聲問道。

「你覺得塞伯拉斯有沒有甚麼奇怪？」我朝她問道。

瑪利亞往窗邊一靠，瞧了片刻，又搖頭道：「我不知道，他們的動作實在太快了，我連看也看不清。」

這時，子誠忽然說道：「塞伯拉斯曾跟我說，他在青木原一役中身受重傷，雖然肉體已長回來，但元氣未復。」

「難怪他出手像是有些不乾淨俐落。」我皺眉說道：「這樣下去，雖不致落敗，但一時三刻，卻解決不到孫悟空。」

「我們不參與出手助他一把？」子誠想了想道。

「塞伯拉斯好歹是殲魔協會會長，撒旦親選的七君，這種事不會難倒他。而且高手過招，你我參戰，說不定會亂了他的節奏。」我不再看二人交戰，把視線放回前方，沉聲說道：「與其擔心他，還不如擔心我們能否順利到達協會在羅馬城效的私人機場吧！」

我周遭共有十五輛裝甲車，連同我所乘坐的在內，有四輛載著那些政要首領。

由於他們關係重大，因此我們的首要任務，就是讓他們安全離開這片戰爭之地。

不過，撒旦教又怎會只派孫悟空一人前來阻截？就在我說話的同時，前方不遠處，忽有些黑影在竄動，顯然是撒旦教的追兵！

但見黑影變得越來越大，我取過一副夜視望遠鏡，探頭窗外遙看，只見那些黑影全是運輸用吉普車，車尾人頭湧湧，盡站滿了士兵。

可是，當他們越來越接近時，我赫然發覺那些士兵，全都外型奇怪非常，有的身材極高，渾身誇張臃腫的肌肉；有的瘦削如柴，但長了一張大嘴巴，咧口而笑，露出一副鯊魚般的利齒。

「怎麼車上盡是奇形怪狀的怪胎？」我皺眉奇道。

眾人聞言大奇，紛紛傳遞那望遠鏡，一直到教宗接下看了片刻後，只聽他憂心忡忡的道：「這是半獸人！」

「教宗你知道他們？」我向教宗問道。

「我也只是從先代教宗的秘密書信中提及過而得知，但所知不詳。」教宗皺起那花白的長眉，說道：「其實自古以來，不時都有一些半人半獸的生物，在世界各地出現。人們都道那些是神怪之物，或畏而遠之，或奉為神靈，其實這些半獸人中，至少有一半是撒旦教的實驗品！」

「撒旦教的實驗品？」我一頭霧水的看著教宗。

「古時歐洲，曾經有一批半獸人出現。這批半獸人來歷神秘，甫出現便接連摧毀了好幾座村子。」教宗回想著密函中的內容，「當時在位的教宗彼德保祿四世聯同殲魔協會會長下令徹查，怎料一查之下，他們發現那些半獸人身上都紋有撒旦教的倒五芒星標記！那時，他們便知道那些半獸人乃是由撒旦教所製造。」

「難不成，這些半獸人都是從撒旦教之中逃走出來的？」子誠忽然問道。

「逃出來？我看未必。」我冷笑一聲，道：「我想，他們是撒旦教故意放出來吧？」

「不錯。後來他們再經調查，發覺那些被襲的村子，都是一些極力抵抗撒旦教滲入的地方，撒旦教便因此派出半獸人摧毀。」教宗淡淡的道：「不過，當年殲魔協會擒下半獸人後，發現他們都有些缺憾。」

「甚麼缺憾？」我奇道。

「就是壽命。也許是技術所限，那些半獸人被擒之後，即便沒有受傷，也存活不過一星期。」教宗看著遠方，說道：「這些年來，撒旦教都沒有以半獸人作大規模戰鬥用，但此刻依我看，他們似乎克服了這個瓶頸。」

「嘿，眼前這些也會和他們的遠古祖先一般，壽命難長！」我看著越來越接近的半獸人們，冷笑一聲後，便即吩咐道：「莫夫、子誠，你們各自守住另外兩輛車，讓我們殺出重圍！」

二人應了一聲，身上魔氣一現，雙雙穿過天窗，躍到另外兩架載有政要的裝甲車上。

這時候，撒旦教的吉普車已在我們一里開外，轉眼就要和我們短兵相接！

我見時機已到，不再遲疑，立時朝對講機發令：「開火，全力擊殺那些半獸人！」

一聲令下，車隊上的槍炮手同時朝半獸人車隊，連珠炮發！

碰！碰！碰！碰！碰！碰！碰！

路到半途，撒旦教已有四輛吉普車被殲魔戰士射爆，炸成四團火堆！

「哈哈哈！主佑我們，把這批怪胎殺得一乾二淨！」站在我身旁的槍炮手擊下了一輛吉普車，立時興奮大叫。

「小心，別得意忘形！」我猛喝一聲，緊張的看著漆黑的天空，「那些半獸人及時逃了出來！」

身旁的殲魔戰士沒有反應，只因不知何時，他竟已沒了半邊頭顱！

不過，我沒有理會那具不斷噴血的半頭死屍，因為裝甲車上，已站了一頭半獸人！

只見這名半獸人身材瘦削，背部病態般的弓曲，一雙手虛舉胸前，狀若螳螂，手背穩穩散發一股逼人寒氣。

「螳螂人？有趣！」我看著他，冷笑一聲。

螳螂人沒有答話，瞪了我一眼，周身忽然殺氣一現，一雙刃手左右朝我脖子劈來！

我不急不躁，雙腿用力一蹬，半身躍出車外，令刃刀剛好在我腳底交錯。

「嘿，身手不錯，看來你不是普通的殲魔戰士！」螳螂人冷笑一聲，趁我還未著地，一雙刃手連環襲來。

我沒有絲毫畏懼，看準刃手來路，欲以雙手硬接下來！

「無知小兒，你以為一雙肉掌能擋下我如刀鋒利的手嗎？」螳螂人冷哼一聲，一雙刃手斬得更快更恨！

我沒有閃避，只是朝他微微一笑，雙手依舊伸出去！

就在我們四手互交之際，其中一人的雙手突然撕裂而斷，飛落地上！

我臉上微笑依然，但螳螂人臉上的笑容卻在瞬間冷卻，因為掉落地上的，正是他的刃手！

「我的確不是普通殲魔戰士。」我落回裝甲車上，看著一臉錯愕的螳螂人，笑道：「難道，你認不得我嗎？」

「你……你是畢永諾！薩麥爾大人要活捉的人！」螳螂人看著我張大了口，呆在當場。

「可惜，你沒機會領功了！」我咧嘴邪笑，雙手快速朝螳螂人臉上拍去，把他的頭一下子拍得骨裂腦碎！

早在裝甲車裡頭時，我便預先讓莫夫運起「留痕之瞳」在我雙手手側上，奮力連續擊上十拳，因此剛剛我才會敢以肉手硬擋。

其實就算沒了莫夫之助，我也有『地獄』的高速復原能力，挨上幾記刃手，也可以把這螳螂人收拾掉，不過是多耗一些時間而已。

把螳螂人的屍體踢下車後，我再看看周遭情況，只見其他幾輛裝甲車都正在與半獸人激戰。

「把車子駛得穩一點！」向下方喊了一聲後，我便控制車頂上的機關槍，繼續朝撒旦教的車隊射去。

我們仗著火力，令撒旦教的吉普車一時接近不了，可是那些半獸人身手靈活，雖然有些還是給機關槍打下，但更多卻是趁機殺了進來。

原本我們在高速前進，可是撒旦教的人數實在太多，我們被逼減慢速度，更漸漸被他們包圍起來！

我們車隊十輛裝甲車之中，有五輛載有政要首領，其中三輛，分別有我、子誠和莫夫守著，一時無礙，但另外兩輛只有尋常的戰士防守，比起來略遜一籌。

起先，半獸人們不知我們底蘊，攻擊不成章法；可是後來他們察覺到我們這五輛車之中力量有所差距，便開始集中攻擊那兩輛防守較差的裝甲車。

「不行，這樣下去，定必有所損失！」我用輕機槍殺退一名豹人後，又立時握住車頂上的機關槍，射下一名剛攀上了裝甲車的水牛人。

我見到有兩名獸人想衝進另一輛防備較差的裝甲車，正想撥過槍頭阻止時，身下忽傳來一陣劇烈的晃動，接著裝甲車竟整個翻掉！

「敵人從地底攻來！」我心中一凜。

一個翻身著地後，我只見裝甲車原本的位置所有，有一片土地微微突起，輕輕聳動。

我沒有多想，立時朝那兒掃射，直到黃泥染血，那片土地才平靜下來。

我連忙跑去看看車裡情況，只見眾人雖受了傷，但性命一時無礙。

我讓戰士把車內的人救出，然後朝瑪利亞道：「請治好他們的傷。」。

瑪利亞深知情況危急，沒有多話，立時施展異能，一個接一個的把那些戰士及政要的傷口治好。

剛才那波地底攻擊，目標不只我那一輛裝甲車，只見車隊之中，另外有四輛被推翻，其中兩輛，正是防衛較差、載有重要人物的車子。

就在此時，只聽得不遠處有人喊了一聲：「成圓！」

接下來，只見周遭塵土飛揚，卻是還能驅動的裝甲車，以高速駛進反轉了的車子之間，令十輛車勉強裝成一個圓陣。

如此一來，我們雖然不能再移動，但十車成圓，各方位皆有機關槍把守，還能抵擋一時，半獸人軍團一時間也不敢胡亂攻進來。

圓陣成形不久，只見一條人影自另一輛裝甲車跳到我身邊，卻是子誠。

我聽得出剛才施發號令的人是他，看到他來，便即笑道：「幹得不錯啊。」

「你就別取笑我了。」子誠微微笑罷，便即正容，看著前方，問道：「你說我們現在該怎麼辦？」

「這批半獸人的數目實在太多，我們現在又被重重包圍，要全身離去，實是難事。」我想了想，道：「我打算把車隊分成兩半，政要集中在其中兩架裝甲車上，然後由我、你和莫夫加上少量戰士守護，餘下的戰士，則乘坐餘下三輛，和我們以相反的方向而行。」

「你想故佈疑陣，引開撒旦教的注意？」子誠皺眉問道。

「不錯。三輛裝甲車表面上的戰力遠遠超過我們這邊，這樣便可以構成錯覺，讓撒旦教誤以為政要都在三輛裝甲車之中。」我笑道：「要是他們實在不上當，以我們三人之力，應可照料這些傢伙，就算有所損傷，只要一時不死，瑪利亞的治療能力還能把他們救回來。」

這種以人命作餌的策略，令子誠不禁露出一臉不忍，但他知道這是眼下唯一可行的方法，猶疑片刻，便即點頭答應。

我和他商量好幾處細節後，便即向下傳達指令。

一聲令下，五架完好的裝甲車立時開火朝周遭掃射，只是這一次，槍頭所指卻是我們與半獸人之間的空地！

銀彈連射，激起層層漫天沙土，成為我們最佳的掩護，教撒旦教軍看不到裡頭情況！

一眾半獸人正疑惑不前之際，我們的車隊卻已分成兩隊，南三北二，衝出沙塵之外！

半獸人軍意料不到我們會突然分開，一時也反應不及，過了片刻，才分成兩隊追截，兩股人馬看起來卻是數量相若。

「他們真是謹慎。」子誠看著敵軍皺眉。

「分成兩隊，總比集中一起來得容易。」我看著不遠處的半獸人軍，冷笑一聲，「讓我們衝出去吧！」

我一聲大喝，兩輛裝甲車上的槍手立時應了一聲，機關槍再次發出震耳欲聾的槍炮聲！

兩道槍火目標一致，瞬間就殺下一大片半獸人戰士，又過一會，終於從重重半獸人軍之中，射出一聲血路。

「大家一股作氣，從空位中衝出去！」我站在車頂叫道。

「主人且慢！」莫夫忽然指著前方，皺眉說道：「那邊好像有些不妥！」

我順指一看，只見前方半獸人的軍隊中，突然有一群人從旁竄出，把槍手們剛製造的空位填補。

這群半獸人皮膚呈淺灰色，渾身肌肉厚重之極，一塊接一塊的疊著，看起來極之堅厚。

除了一身誇張的肌肉，這群半獸人的鼻子還長了一角，高達眉心，看起來像是混合了犀牛基因。車上的槍炮手早已注意到這群犀牛人，當他們湧上空檔時，兩名槍手自然無情發炮。可是，那能貫穿鐵甲的子彈，在射上這群犀牛人時，竟被厚實的肌肉生生擋下，只能深入些許！

犀牛人群眼見我們的槍炮對他們傷害極少，便即加快步速，並以身作盾，掩護其他半獸人在身後，一起衝過來！

眼看犀牛人越來越近，我身旁的槍手不禁慌張的道：「天啊！我們該怎麼辦啊？」

「先別急。」我觀察一會兒，突然吩咐道：「你們集中火力在同一頭犀牛人身上。切記，目標是他們頭部！」

那名殲魔戰士應了一聲，連忙招呼另外一人，雙雙集中射向最左面的犀生人。

兩道銀色的彈軌交纏一起，集中射向犀生人的頭部，不消一會，那犀牛人突然痛呼一聲，倒地斃命！

「成功了！」兩名殲魔戰士高聲歡呼。

「犀牛人因為需要看路，眼睛非睜開不可，沒有厚重的皮甲保護，自然只能任由銀彈射穿眼球，貫破腦袋。」我笑著解釋道。

這個方法聽起來雖然簡單，可是敵人距離甚遠，眼睛又小，而且機槍發射時反震頗大，因此槍手的射擊準繩和臂力皆需要一定水平。幸好殲魔協會訓練有素，兩名槍手雖然有些慌亂，但作戰起來卻不馬虎。

車上眾人見有犀牛人倒地，以為終有制敵之法，無不振奮起來，可是歡呼聲卻在數秒之內，一掃而空。

因為那些犀牛人，竟拾起散落地上的吉普車殘骸鐵片，舉在臉目之前，以擋子彈！

鐵片雖然不厚，卻形成一層緩衝，令犀牛人能及時躲過要害。

一時之間，我們再也擊殺不了任何一頭犀牛人！

此時，我們和半獸人軍相距只有不足一里，轉眼便會追上。

這些犀牛人的皮甲之厚，實在匪夷所思，若然單對單的對決，我們三人自然能夠應付，但眼前犀牛人的數目少說也有半百，如果短兵相接，一眾政要必有死傷！

眼前情況雖然危急，但我極力保持頭腦冷靜，想了一想，便吩咐莫夫道：「快跳去另一輛車，在車的表面踢下『腳力』，越多越好！」

莫夫聞言立時衝出車外，一個蹤身便來到旁邊那輛裝甲車上。

他一手勾住裝甲車，同時側身，雙腿連環飛踢，每一腳皆車身外留下一道漆黑的腳印。

不消一會，本是迷彩色的車身，已變得黑印斑駁。

有了這一層「腳力」作保護，裝甲車至少能抵擋一波攻擊，這樣也變相替我們多爭取一點時間去專心殺敵。

莫夫處理好一輛裝甲車之後，便想跳回來，把這一輛也鋪上「腳力」。

可是，他剛要躍過來時，駕駛員突然大叫一聲「不好」，接著裝甲車便突然改變方向，向外急駛，和另一輛車子拉開了一段距離，令莫夫不得不卻步。

「怎麼了？」我向駕駛員問道。

「撒旦教又發動地底攻擊！」駕駛員著急的道，同時指著前方地面。

只見前方地上，果真又出現那些隆隆凸起的坑道。

坑道縱橫交錯，數目頗多，而且每一道也伸延甚遠，顯然想逼得我們兩輛裝甲車分開。

這時半獸人軍和我們相距不過數百米之遙，莫夫也來不及過來補上「腳力」。

正當我在苦思辦法時，駕駛員再次驚呼，然後大叫道：「後方有半獸人快要追上來，而且是一頭極大的半獸人！」

眾人聞言大驚，齊齊回首，只見後方遠處，果真有一頭巨型半獸人，正在朝我們衝來！

那頭半獸人，狼首人身，站起來若有四五層樓高，渾身灰黑色的長毛，而且咧著一張巨嘴，神態可怖！

巨型人狼步伐極闊，不過片刻，已由遠處追近我們。

車上眾人眼見巨獸將近，無一不大感慌亂。

唯獨我和子誠，卻不驚反喜。

「你們別怕，這頭人狼，不是追兵，」我放聲笑道：「而是救星啊！」

我們不怕，只因我們從人狼身上，感覺到一股熟悉的魔氣。

一股，只屬於塞伯拉斯的魔氣！

「小子，你這副狼狽模樣，真是有損撒旦的名聲啊！」

一把粗豪響亮的聲音在我們頭頂半空響起，卻是化作人狼巨獸的塞伯拉斯，從後一躍而上，剛好在我們頭頂略過！

地面忽然傳來一陣猛烈搖晃，塞伯拉斯已然著陸在兩軍之間。

但見塞伯拉斯半蹲在地，頭部周遭皆閃著妖異紅光，顯然六顆魔瞳正開。

看到他如斯模樣，我才明白到「三頭犬」這外號的由來。

雖然塞伯拉斯正背對我們，但他後腦的一雙魔瞳份外奪目，在黑暗中看起來就像是一張臉，我想要是從高空俯瞰，也能看到另一副「臉孔」。

連同真正的臉孔，外人從四方八面看起來的話，塞伯拉斯就好像擁有三顆頭顱的野獸！

雖然不知塞伯拉斯如何擺脫了孫悟空的糾纏，但他的出現，無疑令我們逃走的機會大增！

他突然殺出，令兩軍皆不禁同時緩下腳步，謀定後動。

一眾半獸人看到有如斯巨物阻擋去路，無不心生警剔，但或許是出於野獸的本性，這群半獸人心中雖有懼意，還是紛紛朝塞伯拉斯嘶叫示威。

「嘿，你們也配對老衲無禮？還敢亂吼亂鳴！」塞伯拉斯咧開修長的嘴巴豪笑：「讓你們這群無知小兒見識一下，甚麼才算真正的『獸吼』！」

語畢，塞伯拉斯渾身突然魔氣暴漲，接著張大狼嘴，朝半獸人軍放聲一吼！

塞伯拉斯這一吼如獅似虎，響徹雲霄，其威力之巨，竟令地面有所搖晃，車子上的強化玻璃也統統震成碎片！

虎嘯驚天動地，方圓十里之內，不論敵友，聞聲皆眼前一黑，耳邊嗡嗡鳴聲大作。

正當我感到頭昏腦脹時，塞伯拉斯突然以「傳音入密」跟我說道：「還在發甚麼呆？趕快帶人離去！」

我視力剛好在這時回復，卻見塞伯拉斯突然向前一撲，同時伸出一雙巨掌向半獸人軍揮去！

作為先頭部隊的犀牛人體質不凡，也都在這時恢復意識。

他們眼看塞伯拉斯的突襲，自然紛紛作出格擋，可是，化回本來型態的塞伯拉斯，掌力足以開山劈石，縱然不能一擊撲殺那些皮甲堅厚的犀牛人，但四指巨掌一掃，立時從半獸人軍之中，硬是撥出一條去路！

我見狀立時搶到駕駛位置，猛踏油門，飛馳出去！

才越過塞伯拉斯身旁，只見有一輛車剛好在另一邊衝出來，原來是另一輛載著政要的裝甲車，但此刻車上駕駛員已換上莫夫。

我和他打了一個眼色，便即雙雙加速，想要衝進前方空位。

半獸人軍眼見我們有所行動，立時想上前阻止。

可是，塞伯拉斯又豈會讓他們稱心如意？

半獸人軍的包圍還未成形，塞伯拉斯忽然仰天一嘯，雙手成拳，朝半獸人軍連撾猛打！

雖然敵方軍中有著像犀牛人般防禦特強的異類，但畢竟只是少數，塞伯拉斯這一輪連擊，便將大半擋在我們路上的半獸人，打成一團血肉模糊！

前路暢通，我們自然駛得更快，可是快要衝過撒旦教軍時，地上那些坑道再次出現！

「三頭犬，順手把這些地鼠都處理掉吧！」我探頭出車窗外，向背後的塞伯拉斯大叫。

「嘖，小子真是麻煩！」

塞伯拉斯不耐煩的說著，忽然雙手緊合成球，接著高舉於頂，再重重的轟在地上！

三頭犬這一記重拳勢如殞石墮地，竟令堅硬的地面瞬間崩裂出無數裂縫！

但見裂縫伸展開去時，有好幾處忽地傳出一些驚懼的尖叫，同時濺起一陣血花到半空之中，顯然是藏在地底的半獸人，被塞伯拉斯巨大拳力震死！

裂縫幅射性地四散，延展速度奇快，每隔數米便會引起一輪死前尖叫及血花，我看在眼內，只覺這是一場另類的「血腥噴泉表演」！

塞伯拉斯這一擊力道恰到好處，裂縫只是伸延到兩輛裝甲車旁為止。

眼看障礙盡清，前方不遠處就是通往大城的公路，我本想一股作氣衝出去，但就在這時，撒旦教再次出手。

不過，這次阻止我們的，不是槍火，不是半獸人。

而是，一道簫聲。

一道，令人心煩意亂的簫聲！

簫聲入耳，我的情緒突然翻湧如朝，變得極為暴躁！

我竭力冷靜，可是渾身就是不聽指揮，腳掌不斷焦躁的大力按踏油門！

我身後的一眾政要和殲魔戰士定力較差，早已在爭吵起來，有些更在狹隘的車廂之中，打大出手。

「混蛋，統統給我閉嘴！」我往後怒喊，可是他們沒一人理會，甚至連我也一併咒罵起來。

我越聽越感憤怒，這時眼角瞥見莫夫的車子在旁駛過，心中忽然只覺他大大的不順眼，握盤的雙手竟突然一扭，想撞開他的車子，可是我卻一時忘了他車身上的「腳力」，兩車相撞，反令我的車子被遠遠反彈開去！

裝甲車翻騰幾圈，終於四輪朝天的著地，衝擊也同時令車子立時壞掉！

我爬出車外，簫聲忽止，接著有一道聲音自遠處響起：「小子，你今天休想逃！」

我回頭一看，只見一名毛人提著銅色短簫，靈活的蹤躍而至，正是孫悟空！

塞伯拉斯見狀怒吼一聲，巨掌立時朝他抓去。

不過，孫悟空的身手實在敏捷非常，只見他的身體在半空之中，輕輕一扭一轉，便從三頭犬的巨掌指隙中，千鈞一髮地鑽過！

才剛逃過塞伯拉斯的追截，仍然身在半空的孫悟空忽然提升魔氣，握簫的手向前一伸，『靈簫』一端倏地暴長，卻是朝我胸口插來！

孫悟空出手詭異突然，『靈簫』增長速度又快，我防備不及，才稍微移害心胸要害，氣門忽然一陣劇痛，我已然被長簫插中！

我受力後飛，直把旁邊一顆大石撞得粉碎！

呼吸雖然有所滯礙，但我不敢逗留在碎石之中，以免再次中招，因此硬是壓住紛亂的氣息，躍出石堆之中。

我稍微檢查自身傷勢，但一看之下，卻不禁呆在當場。

孫悟空這一擊力度足以穿金貫鐵，我本以為胸口也會被插出一個大洞來，怎料眼下我只是衣服開了一個破孔，身體卻沒有任何損傷！

我伸手一摸，但見胸口有一團軟綿綿的修長事物，掏出來一看，竟是拉哈伯的斷尾！

「剛才擋下『靈簫』一擊的，難道是這斷尾巴？」我看著手中斷尾，萬分錯愕與不解。

孫悟空和塞伯拉斯看到我完好無缺，也是大感意外。

不過七君畢竟是七君，在驚訝同時，孫悟空再次出手，『靈簫』再次伸延，向我刺來！

「臭猴子，少得寸進尺！」

塞伯拉斯一邊怒叫，雙腿一邊連環勾踢，卻是把地上毀掉的吉普車如皮球般踢向孫悟空。

這些吉普車外殼甚厚，加上塞伯拉斯的驚人腿力，每一輛皆是挾著萬斤巨力！

孫悟空人在半空，自然不敢怠慢，清叱一聲，手中『靈簫』縮成齊眉棍長，挽出一陣耀目的棍花，把吉普車或撥或打，統統格擋在外。

可是，孫悟空才把車群打下，一團黑影忽然掩蓋了他周遭範圍，接著一陣狂暴的風勁自他頭頂上空響起，卻是跳到他頭上的塞伯拉斯，握拳成球，由上而下地朝孫悟空轟去！

碰！

一記地石崩裂聲在遠處響起，同時揚起一片十多米高的沙土！前方沙塵漫天，把二人身影完全掩沒，但憑藉剛才那記聲響，眾人都知道孫悟空定然大受打擊，無不感到興奮。

不過，隨著塵埃落定，眾人臉上的笑意也都同時凝住。只因眼前所見，塞伯拉斯的雙手依舊擱在半空之中，雙手之下，不見了孫悟空的身影，卻有一頭和塞伯拉斯一般高大的巨猿！

巨猿渾身蒼白長毛，齜牙咧齒，面目猙獰，正高舉雙手，抵抗著塞伯拉斯的雙拳。

雖然外貌不同，但憑著魔氣我認得眼前的巨大蒼猿，正是孫悟空！

「臭猴子，哪裡弄來這樣的一頭怪物？」塞伯拉斯神色詫異的道。

「撒旦教精通生物科技，要培殖這種巨獸自然不難。」孫悟空冷笑一聲。

「為甚麼要複製成這個樣子？」塞伯拉斯皺眉問道。

「就是為了今天這一戰！」孫悟空眼神怨恨的瞪著三頭犬，道：「臭狗，今天不是你死，就是我亡！」

第六十三章——虎嘯龍吟

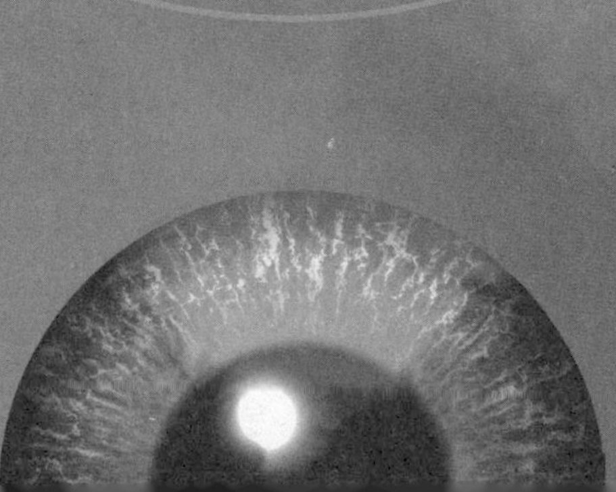

第六十三章　虎嘯龍吟

孫悟空魔氣如潮暴發，硬是把塞伯拉斯雙手震開。

接著，只見在他手中如針般的『靈簫』突然擴闊伸長，一下子變成一根擎天巨棒。

孫悟空喝叱一聲，揮便即朝三頭犬使出殺手！

兩獸相爭，每一擊也是驚天動地，周遭許多半獸人走避不及，紛紛成了他們拳腳下的亡魂！

孫悟空雖然變成巨猿，但速度不減，臂力反而大增，加上有神器在手，交手不過數回合，便已把塞伯拉斯逼得節節後退。

塞伯拉斯手中武器依舊只是那條八十一節鞭，但現在二人體積變大數倍，鞭子便成了一條幼小的鍊子，威力有限，加上他身體未完全復原，交手下來，頓時顯得左支右拙。

就在此時，孫悟空突然一陣急攻，把塞伯拉斯又再逼後，便朝半獸人軍大叫：「還等甚麼？快把他們拿下！」半獸人軍聞言，再次蜂擁而上！

這次沒了塞伯拉斯的阻撓，半獸人軍進攻更快，可是眼前情況雖危，我心中卻依舊想著拉哈巴的斷尾。

剛才一擊非同小可，但這條毫不起眼的貓尾卻能把它擋下，實在有些古怪。

這時，我忽地想起拉哈伯曾說過，假若有此一天，他不在人世，而我又遇上解決不了的困難，可以在聖經中尋找關於他的事蹟。

「難不成他所暗示的事蹟，和這條斷尾有關？」我心中暗忖。

想念及此，我立時走回裝甲車旁，向剛爬出車外的教宗問道：「教宗大人，你知道誰是拉哈伯嗎？」

「拉……拉哈伯？」教宗冷不防我會有如此一問，呆了半晌，才道：「我當然聽過，他是聖經記載過的一頭大海怪啊！」

「大海怪？」我皺眉看著他，問道：「聖經中有哪些關於他的事蹟？」

「『以賽亞書』有出現過他的名字，而『詩篇』之中，拉哈伯則是埃及的代名詞。不過要說比較詳細的記述，還要數『約伯書』。」教宗頓了頓，道：「『約伯書』中，有一段經文記載拉哈伯在創世時，因不依從上帝吩咐，把天上和地下的水分開，從而被上帝所擊傷。」

「把水分開？你稱呼他作大海怪，就是因為他能控制水？」

「猶太民族傳說是如此認為。」教宗說道。

我看著手中斷尾，一時卻想不透它和這些事蹟，有甚麼關連。

所謂被上帝擊傷，該是指拉哈伯背叛天上唯一後，被貶下凡。可是拉哈伯雖然厲害，但我卻從未聽說過，他擁有分開水流這種匪夷所思的能力。

「難不成，控制水流的不是拉哈伯本身，而是另一件神器？」我心中突然一動。

我忽地想起當初回到香港時，拉哈伯曾說他有其中一件神器的下落，並讓我以此消息引誘妲己加入，可是直到他去世，這件神器始終沒有出現。

拉哈伯向來不會空口說白話，但他卻不怕被人捷足先登，從沒提出要去尋找神器，顯然這神器的所在只有他一人知道。

想到這兒，我看著手中斷尾，心中忽然泛起一個念頭。

「拉哈伯留下來的這道尾巴，其實就是一件神器！」

我握了握斷尾，不禁激動起來！

但在此時，前方突然傳來一陣慘叫，打斷我的思緒。

我抬頭一看，竟看到半獸人軍已然攻到眼前，更屠殺了數名殲魔戰士！

「小諾，你還在發甚麼呆？」子誠大叫道：「快保護教宗他們離去！」

子誠一邊叫嚷，身影飛來飛去不停，雙手槍刃已在轉眼間收割了數顆頭，可是撒旦教軍數目實在太多，我們防線在他們壓迫之下，不斷潰散。

儘管敵人近在咫尺，我卻沒有絲毫把子誠的話聽進耳中，因為我此刻心思，全都放在拉哈伯的斷尾上。

我心中穩穩覺得，這條斷尾是我扭轉形勢的關鍵。

「聖經裡還有其他關於拉哈伯的記載嗎？」我向教宗問道。

「啊？沒……沒有了。」教宗慌張的答道，忽然「啊」的一聲，拍一下手，說：「不，可能還有一個，那就是『出埃及記』。」

「『出埃及記』？」我一臉不解的看著教宗。

「像我先前所說，拉哈伯的名字在『詩篇』中是埃及的代名詞。」教宗解釋道：「在某些傳說及次經中，拉哈伯是埃及的守護神，因此『出埃及記』很有可能和他有關。」

雖然我沒看過多少遍聖經，但「出埃及記」還是知道的。

塞伯拉斯在日本時跟我說過，拉哈伯和摩西曾有接觸，讓以色列人離去也是拉哈伯的主意，因此教宗的推斷其實正確無誤。

「出埃及記」主要描寫摩西帶領當時成了奴隸的以色列人逃離埃及的事蹟，可說是其中一個最有名的聖經故事，而當中最為人知曉的一節，自然是摩西分紅海，當教宗提起「出埃及記」時，我也是首先想到此節。

塞伯拉斯曾說過說過摩西只是凡人一名，因此分開紅海定是借助他人之力，而這個「他人」，很有可能就是拉哈伯！

結合所有拉哈伯的聖經故事，我此刻幾乎肯定他曾經擁有一件能控制水流的神器！

「只是，不知這件神器是否就是我手中的斷尾而已。」我心中暗想。

不過，我已沒有時間猶疑，因為半獸人軍近在眼前，現在我只能賭上一把！下定決心後，我便抽刀一揮，在掌心割出一道傷口，然後把斷尾放在傷口上。掌心傷口血流不停，但每次鮮血才湧出來，斷尾便會立時把血吸得一乾二淨！

「『地獄邪氣』，果真有用！」我看著斷尾笑道。

每件神器，皆需以魔氣操縱，眼下我雖然使用不了魔氣，但卻能利另一種和魔氣相若的能量，就是『地獄邪氣』！

我每次受傷，『地獄邪氣』就會自然極速竄向我的傷口，因此我便想出此法，讓斷尾接觸沾有邪氣的血，怎料竟真有成效！

拉哈伯的斷尾原本毛色亮麗，但當它吸血以後，色澤便漸漸暗淡下來。

也許斷尾吸血時，連同混在血中的『地獄邪氣』一併吸收，因此我的傷口始終沒有自動癒合起來。

可是，半獸人軍轉眼便至，已容不得我慢慢餵血，於是我把心一橫，把整條右臂扭斷，然後將斷尾塞往血如泉湧的傷口中！

斷尾如魚得水，吸得更為起勁，毛色也逐漸變得黯淡無光。

此時周遭戰況，已是危險萬分，子誠也三番四次的催促，可是我充耳不聞，只是專心注視著那不斷吸血的斷尾，連那些在我身旁的政要，也紛紛不安焦躁起來。

可幸，就在半獸人快要殺進來時，斷尾終於有所變化。

當它變成像黑炭般，完全沒半點光澤時，忽然之間，我只感手中微沉，卻是斷尾無故增加了重量。

就在同一剎那，斷尾的質感忽然有所改變，由原本毛茸茸的感覺，一下子變得滑溜之極，而且有一層鱗片，摸上去頗為冰冷。

那種觸感，彷彿我正摸著一條蛇。

慢著。

蛇？

在我驚愕之際，手中原本下垂的「斷尾」，有一端忽然自動抬高起來對著我。

黑黝黝的「斷尾」一端，忽然有兩道裂縫，在左右打開。

裂縫之下，是一團色澤妖邪的如血鮮紅，仔細一看，竟是一雙蛇眼！

「是誰，打擾本大爺？」

化成了蛇的「斷尾」，忽然咧開一張蛇嘴，口中卻吐人言。

「斷尾」蛇舌吞吐，殺氣騰騰的看著我，語氣不善，可是我聽在耳中，只覺無比悉熟和興奮。

因為黑蛇說話的聲音，竟和拉哈伯一模一樣！

「拉哈伯……是你嗎？」我呆呆的問道。

「斷尾」偏了偏頭，神情疑惑的看著我，過了半晌，才有所反應。

不過，他的反應。

竟是一記蛇咬！

「啊！」

我冷不防「斷尾」會突然襲擊，加上情緒正在動搖，一時之間閃避不及，肩膀給他咬個正著！

我大驚失色，卻感到被咬的位置沒有絲毫痛楚，反而知覺漸失。

我連忙側頭察看，只見一股如墨般的黑色自肩上傷口四散開去，細看之下，那些黑色竟是蛇的鱗片！

「難道他要把我同化？」我見狀大急，想要把他擲出去，可是黑蛇靈活之極，身體一捲，竟纏在我的左手手臂上。

與此同時，我留意到黑蛇的尾巴亦已變成蛇首！

「嘿，本大爺好久沒吃過一頓飽飯了。」由尾巴變成的黑蛇，一雙紅眼瞪著我，邪笑道：「想不到今天還有一頓特別豐盛的晚餐！」

一語方休，黑蛇再次撲噬而來！

這一次，我雖然早作準備，卻無論如何也不可能躲過牠的噬咬。

因為，黑蛇在撲出的一瞬間，竟立時暴長，並分裂作近百個蛇頭，四方八面的朝我噬來！

數以百計的蛇首把我緊緊包裹，教我完全看不到外頭的情況。

蛇群朝我周身上下猛咬下去，每咬一下，我的身體便多一處失去知覺。

我竭力掙扎，可是蛇頭實在太多，蛇鱗擴散的速度又快，轉眼間我身體已有大半地方被黑如濃墨的蛇鱗覆蓋！

「臭蛇，你快放開我！」我驚怒大叫。

「嘿，誰會把放到口裡的肉吐出來？」其中一條黑蛇蛇首看著我邪笑道：「而且，本大爺還感覺到，你這塊『肉』有一點特別質感呢！」

說著，我只感覺到蛇鱗加速向我右眼散去，目標顯然是『地獄』！

「你別亂來！」我心中大急，可是渾身幾乎已被蛇化，完全無法抗拒！

就在我幾乎感到絕望之際，一道蒼老的聲音突然自遠方響起：「別怕，老夫不會讓你死在此地！」

聲音的主人，曾救過我一次。

正是孔明！

突然之間，一道黑虹衝進了蛇團之中，黑蛇見狀，忽然怪叫：「『墨綾』？」

「封魔截氣！」孔明喝叱的聲音在蛇團外傳來。

但見『墨綾』所到之處，蛇首皆爭相退避，只要被『墨綾』捲中，分裂出來的蛇首便會立時退回蛇身；要是『墨綾』貼在我蛇化了的部位上，蛇鱗也紛紛退化，變回我原本的皮膚。

黑蛇像是遇上天敵，不斷閃避『墨綾』，但同時又心有不甘，極力想在其他位置攻向我，有一些蛇頭更試圖撲向周圍的人。

可是孔明沒有留一絲餘地，『墨綾』雖非真蛇，卻以比真蛇還快的速度，靈活地左穿右插，把蛇頭去路盡數封住！

這一場「蛇與綾」的追逐戰形勢一面倒，不過片刻，黑蛇剩下一顆頭顱，更只能纏結在我那條還沒被『墨綾』包裹的左手手臂。

此刻形勢逆轉，我忍不住出言嘲諷：「看來你不單要把口中的肉吐出來，還要連吞進胃裡的統統歸還！」

黑蛇聞言大怒，蛇口一張，露出四顆尖銳利齒，想要向我噬來，但就在這時『墨綾』突然伸過來，擋住去路，要把牠整個包圍起來！

「臭小子，走著瞧，本大爺一定會要你吃盡苦頭！」黑蛇自知難以逃走，一個轉頭，竟咬向我的左臂！

就在我臂上傷口開始鱗化時，黑蛇忽然像跳入水池一般，忽然沒入了我手上的蛇鱗裡，直至整條不見。

這時，只聽得孔明清喝一聲，纏繞住我周身的『墨綾』突然同時一陣起伏，集中朝我左臂捲來。轉眼之間，我整條左臂，連同五指，皆被『墨綾』裹了個密不透風，而黑蛇在我臂中也一下子沒了動靜。

我抬頭一看，只見翻轉了的裝甲車上，站了一個青袍老人，正是孔明。

我看到周遭有不少半獸人斃命倒地，顯然是孔明出手擊殺。其餘半獸人一時不敢攻上，紛紛退在遠方，但依然保持包圍之勢，至於塞伯拉斯和孫悟空則依然在遠方打得天昏地暗。

「謝謝你。」我看著孔明說道。

「用不著道謝。」孔明用他那雙古井不波的眼睛看著我，「一直以來你所面對的困難，老夫可說是有份做成。」

「我明白，但怎說你也三番四次救了我的命。」

「嗯。」孔明罕見地露出一個微笑，「不過，這次會是最後一次了。」

我心下不解，正想追問他話中意思時，忽地感覺到他周身正不斷湧出陣陣魔氣，轉念一想，這才醒起孔明早已走火入魔！

一直以來，孔明乃是以『墨綾』來阻擋魔氣流失，但此刻為了封住黑蛇，『墨綾』不得不縛在我手上。

孔明這句話的意思，顯然是不打算收回『墨綾』，如此他便會不斷流失魔氣，最終歷「天劫」而死！

「人也好魔也好，沒有永生，便終究得面對死亡。」孔明如看著故人般看著我，淡然一笑，「這是老夫選擇的道，你不用介懷。」

「難道沒有其他辦法封鎖黑蛇？」我急忙問道：「拉哈伯也可以把他變成尾巴的一部分啊。」

「你也聽得出他的聲音和拉哈伯一模一樣吧？」孔明說道：「這頭蛇吸收了一點他的靈魂，有了靈性，難以再完全封鎖起來。」

我難以置信的問道：「這東西究竟是甚麼？拉哈伯為甚麼會留下這樣的麻煩給我？」

「拉哈伯留下的，不是麻煩，而是一份極其珍貴的禮物。」孔明淡然一笑，道：「這條黑蛇，乃是十二神器之一，亦是撒旦當初所用的神器，名曰『萬蛇』！」

「『萬蛇』？」我看著被黑布包纏的左臂，喃喃說道。

雖然我早猜到拉哈伯的斷尾是一件神器，但聽到孔明親口證實，又說是撒旦所用，還是有點激動。

「老夫知道你早猜到這一點，不過有一節你推測錯了。」孔明說道：「十二神器之中，的確有一件能控制水流，但那件神器卻非『萬蛇』。」

「那麼『萬蛇』到底有甚麼功用？」我脫口問道：「而且這條黑蛇具有自主意識，我如何才能控制？」

「『萬蛇』妙用無窮，不過眼下老夫再沒有時間，慢慢向你解釋。」孔明抬頭看天，道：「不過，有另一個人，早已準備了另一人選，教導你操縱『萬蛇』之法。」

「誰？」我皺眉問道。

「『萬蛇』原本的主人。」孔明微微一笑，道：「撒旦．路斯化！」

孔明說著，手中同時一揮，突然把一柄短刀，插進我的心臟！

一陣劇烈的刺痛感自我胸口散開，顯然這刀是以銀所製！

我一臉錯愕，萬萬料不到孔明會突然狠下殺手，卻見他神情冷靜，淡然說道：「放心，老夫不是害你。進了『地獄』，儘管不能完全解決你所有疑問，但你多少能從中，找到一些答案。」

孔明語氣真誠，加上他這些日子對我所做之事，皆有利無害，因此我沒有多想，便即堅信他的話，任由刀插在心，血流不停。

子誠和瑪利亞等人見狀，紛紛想前來營救，可是都被我舉手阻止。

「還有一件事。」孔明忽然說道：「插在你胸口的刀子柄上，刻有一個地址，那是繼承了老夫『先見之瞳』的人。找到他們，該能替你解決一些煩惱。」

我這時才驚覺，孔明的雙眼瞳色如常，沒有絲毫妖紅，似乎他抱著必死之心，早把魔瞳交給別人。

雖然我和孔明只是見過三次面，但他畢竟是拉哈伯曾經的好友，又為我擋下龐拿的一拳，現在他將因我而死，我心中也不是味兒

「孔明，你怕不怕死？」我忽然問道。

「不怕。」孔明頓了頓，道：「老夫更怕生不如死。」

「那麼，我們會在『地獄』相見嗎？」

「可能會，可能不會。」孔明的眼神，露出罕見的迷茫，說道：「老夫也不知道自己的終點，究竟在『天堂』或是『地獄』之中。」

「難不成魔鬼還可以上『天堂』？」我奇道。

「『**天堂無極樂，地獄非絕境。上天下地，不過一念之差！**』」孔明淡然說道：「不久，你就會明白這句話的意思。」

我低頭咀嚼這話一番，正想再問時，孔明忽地說道：「是時候了，老夫得出手。」

孔明說著，突然從車上跳下來，然後向塞伯拉斯和孫悟空那邊走去。

那些半獸人見狀，想要阻止，但孔明青袍飄逸，步伐看似緩慢，身法卻是極快，轉眼間竟已越過半獸人軍，走出千米之外！

「對了，拉哈伯有跟你提過，我們和塞伯拉斯三人，為甚麼會成為生死之交嗎？」孔明的聲音忽然遠處傳來。

「因為你們三人外表都異於一般天使？」我回想起拉哈伯曾說過的話。

「那麼你知不知道老夫原本的面貌是甚麼？」

「拉哈伯沒告訴過我。」

「那麼，你有聽過老夫的外號嗎？」

我想了想，道：「你指『臥龍』？」

「不錯。」孔明問道：「但你知道這外號的由來嗎？」

「不知道。」

「臥龍甚麼的，其實只是誤傳。古人無知，看到我原本樣貌，以為是一條飛不起的龍。」孔明頓了一頓，淡淡的笑道：「事實上，老夫不過是一條稍微巨大一點的蜥蜴而已！」

一語方畢，孔明渾身突然魔氣暴發，同時仰天長嘯！

孔明嘯聲不像塞伯拉斯般霸氣十足，反而清亮高亢，聽起來彷彿就是傳說中的龍吟！

孔明一邊清嘯，身體一邊急速變大，轉眼之間，竟變成了一條二十多米來長的巨蜥！

變成了巨蜥的孔明，周身皮膚硬化，色澤如石，背後自頭頂至脊髓，皆長出一根根尖銳粗糙的長骨，看起來極之恐怖！

變回原狀後，孔明又是一聲清吟，接著突然四腳翻飛，瞬間奔近爭鬥中的兩獸旁邊，然後看準機會，倏地一個衝刺，以頭搥把孫悟空撞開百米之外！

「小塞，讓我來助你一臂之力吧。」孔明忽然以後腿支撐，站了起來，和化成人狼的塞伯拉斯並肩而立。

塞伯拉斯一直以來對孔明懷恨在心，因為他覺得孔明是其中一名害死撒旦的人，出賣了一眾相信他的人。

可是，現在知道他歷劫在即，一時之間，塞伯拉斯的恨意沒有丁點兒提得上來。

二千年已過，他仍然摸不透孔明的心思。

「老實答我一句話。」塞伯拉斯沒有正眼看著孔明，「你……還是我所認識的那個小明嗎？」

孔明默然片刻，才淡淡說道：「我還是我。」

「那就足夠了。」塞伯拉斯忽然咧嘴而笑，用力握了握拳，「你說，我們聯手，能勝得過這臭猴子嗎？」

「一個行將就木，一個元氣大傷，機會不大。不過，那又如何？」孔明微微一笑，道：「我倆好久未聯手一戰，就讓我們替畢永諾那小子，多爭取一點時間吧！」

「嘿，說得好。」塞伯拉斯一句話才說完，只見孫悟空已從地上爬了起來。

「小明，你的身手沒有生疏吧？」

「試一下才知道。」

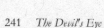

「嘿，要是小拉那傢伙也在就好了。我們三獸聯手，連薩麥爾也得吃苦頭。」

「嗯。我也很想他。不過，我也許很快就會再見他。」

「嘖，你們倆真不夠朋友，竟不顧我先走一步。」

「對不起。」

「小明。」

「嗯？」

「再見！」

「再見。」

塞伯拉斯和孔明忽地露出一個笑容，然後各伸一手，用力擊掌一下！

接著，只見二獸同時仰天狂吼，聲似虎嘯龍吟，便化作兩條模糊的身影，極速衝向孫悟空！

三頭巨獸再次混戰，把地面震得更是激烈。

我們周遭的半獸人再次蠢蠢欲動，可是孔明先前早已消滅了大半，眼下的數目不多，以子誠和莫夫之能，足以對付有餘。

左胸傷口血流不停，我終於開始覺得渾身無力，視力昏花起來。

瑪利亞守護在我身旁，憂心忡忡的問道：「諾，你真的要冒此險？」

「嗯，這幾天的無力感，讓我非取回力量不可。」我看著她，強笑道：「放心吧，我不會有事的。」

瑪利亞點點頭，沒有再多說甚麼。

也許因為知道不是真正死去，所以我心裡倒頗為平靜，更有些好奇『地獄』到底是怎樣的光景。

想著想著，時間漸漸流逝，我的五官，開始慢慢消失。

先是聽力。我再也聽不到那些刺耳的槍聲。

然後是嗅覺。我再也嗅不到那些死傷者的血腥味。

再來是味覺，觸覺。

最後，我眼中所見，變成一片漆黑。一片無盡的漆黑。

不過，漆黑沒有維持許久。

因為有一團事物，突然在我面前出現。

一顆瞳色鮮紅的巨大眼球！

我猛然驚醒，只見周遭仍是漆黑一片，我自己渾身毫無損傷，卻是一絲不掛。

這環境，這眼球，這疑幻似真的感覺，對我來說都很熟悉。

我想起來。這是我從小到大，所夢到的詭異情境。

上一次夢到這情景，就是我成魔之後，『地獄』被師父奪去之時。

巨大的眼球瞪著我良久，眼神有一種說不出的冷寂。

忽然，他打開一張巨大嘴巴。

接著，就跟我最後一次夢到這情景一樣。

巨大眼球突然把我整個人吞噬掉！

第六十四章

魂遊地獄

第六十四章　魂遊地獄

罪。

究竟甚麼是罪？

實際犯下的才是罪？還是在腦裡想想也算是罪？

但有罪與否，應該由誰定奪？

由天上那位？

要是這樣，人類又憑甚麼去判斷其他人的罪呢？

薩尼在二十四歲那年，忽然思考起這些問題。

薩尼是一名很普通的普通人，樣子普通，頭腦普通，只是命運有一點不普通。

薩尼的雙親本是老實商人，但他們在薩尼還懂性時，一次運貨到他鎮途中，給盜賊攔路劫殺。

當時薩尼和比他年長十歲的姐姐在家，才能幸免於難，不過由於姐弟倆年幼無知，家中的財產很快便給其他親朋好友，或騙或借的取光。

為了生活，姐姐帶著薩尼，日夜工作，也不喊辛苦。

自薩尼有記憶開始，他的世界就只有姐姐。對薩尼而言，姐姐就是他的所有。

薩尼很小的時候就出來工作，不過他沒有絲毫抱怨，因為他知道這樣才能讓姐姐輕鬆一點。

薩尼頭腦不好，手腳倒還可以，於是便當起苦力來，從碼頭中運貨到一些店舖之中。

薩尼無慾無求，只望生活安定，雖然沒幹過甚麼善事，但壞事一件也沒作過，嚴格來說還算是一名好人。

只是，好人未必有好報。

在薩尼二十三歲那年，他姐姐在工作時，一條腿給貨物壓傷了，被逼留在家裡休養。

薩尼倒認為這是件好事，因為他不想姐姐辛苦，他也不介意一天多運貨幾回，把姐姐的份兒也掙回來。

不過，在一個月後某天，薩尼才知道她姐姐所遇到的不是意外。

那一天，剛好是薩尼二十四歲生日，他姐姐叫他請半天假，好慶祝一番。

勤快的搬運半天，薩尼便提早下班，買了點新鮮的肉和包子，提了一瓶因快要壞掉而被酒商減價促銷的葡萄酒，這才回家。

薩尼快回到家時，他剛好看到一個人影，從自己家中急步離開。

他認得那人是姐姐打工衣布店裡的少東主。

薩尼心裡奇怪，但轉念一想，大概是少東來找姐姐談一下店裡的事宜。

可是，當他打開家中大門，看到衣散不整，下身滿是污血的姐姐屍首，他終於明白，事情不妥。

薩尼頭腦雖然不好，但想起少東主的鬼祟身影，薩尼肯定少東主就是害死他姐姐的人。

薩尼立時到衣布店尋人，可是少東主人卻不在。向其他店員稍加打聽，薩尼這才知道，原來早有妻室的少東主，一直以來都在追求姐姐，只是姐姐對他態冷淡得很。

店員又向薩尼說，其實他覺得當天薩尼姐姐被貨物壓傷，並不是意外，因為他發現用以固定衣物的繩子，切口整齊，顯然是有人故意割斷，因此他叮囑薩尼要小心姐姐的安全。

薩尼含淚謝過，便離開商店，獨自前往法院。

薩尼心中無比悲憤，因為姐姐是他的唯一，他很想親手殺死少東主，一刀一刀的剁碎他，可是薩尼只是心中想想，最終並沒有這樣做。

因為，長久以來，薩尼姐姐都教他凡事要忍，不能犯法。

來到法院，當值的士兵長聽了薩尼的話後，便即帶了一隊人，隨薩尼回家。

死不瞑目的姐姐依舊半裸躺在廳中地上，士兵長看了一眼，便吩咐薩尼帶著他姐的屍首，回去法院立案，士兵長則帶著其他人去抓捕少東主。

薩尼沒有多想，馬上捧起姐姐趕去法院。

可是，才走了兩條街，士兵長忽然自街角，帶著手下走出來。

士兵長身旁還有一人，薩尼認得，正是衣布店少東主。

薩尼心中大喜，滿以為少東主落網，但士兵長看到薩尼後，突然臉色一冷，手一揮，讓手下抓住薩尼。

薩尼還未反應過來，便一臉愕然的給拘捕。

士兵長拘捕他的原因，令薩尼差點以為自己的耳朵出了問題：姦殺親姊。

他看了看一臉得意的少東主，又看了看士兵長，頭腦再差，也忽然明白了。

這些事情，薩尼不是未聽過。

在碼頭工作這麼多年，偶爾都會有一兩名苦力，意外得罪一些有權勢的人，然後給人插贓嫁禍，囹圄入獄。

只是，薩尼想不到這種事情會發生在自己身上。

少東主顯然花了不少錢，因為薩尼完全沒有自辯的機會，他姐姐的屍體也在同一天給埋葬，薩尼衣服上的血跡成了唯一證據。

被囚禁期間，薩尼口中都給塞著布條，沒有糧食，只有一點水進肚。

如此熬了數天，薩尼早已餓得手腳無力，連呼吸也氣若柔絲時，他終於離開了監獄。

重見久違的陽光，瘦了一個圈的薩尼，手上鐵鍊也都解下了，不過，他背上卻多了一點東西。

那是兩根大木頭，一豎一橫。

薩尼當然知道，這是死刑專用的十字架。

十字架很重，薩尼幾乎走不動，可是士兵的長鞭卻令他不得不走。

薩尼心灰意冷，連日來的飢餓逼迫，早已消磨盡他對少東主的恨意。

拖著沉重的腳步前往刑場途中，薩尼忽然很疑惑，究竟自己犯了甚麼罪，天上那位要讓自己接受十架死刑？

因為自己天生蠢笨是罪？

因為自己的姐姐長得不差，卻又拒絕少東主是罪？

因為自己心中曾想過要殺死少東主報殺是罪？

又或是因為自己的父母早亡，所以身世不夠好，沒錢付給法院是罪？

薩尼不知道。

他很想問一問。

不過有一點他非常肯定。

他自己一定犯了些罪，不然公義的上帝，不會讓他受這些苦楚。

只是自己頭腦實在太差，一時想不通究竟犯了甚麼罪。

渾渾噩噩之中，薩尼已來到刑場，並給掛在十架上，等待死亡。

薩尼身上鞭傷在毒辣的陽光照射下，不斷發疼，但他渾然不覺，因為他的腦海中，反反覆覆就是在想著這些問題。

一直到身旁一些吵鬧醒音響起，才打斷他的思緒。

薩尼睜開厚重的眼皮，想要轉頭，可是卻不夠力氣，畢竟被餓了幾天，又掛在十架上暴曬了這麼久，生命也將走到盡頭。

薩尼不能看，只能聽，耳中傳來其中一名死囚的柔和男人聲音，說道：「父，求你原諒他們！因為他們都不意識自己的所作所為！」

那人說罷，底下一些士兵放聲嘲笑。

「你若真是猶太人的王，自然可以救自己啊！」其中一名士兵笑道：「再不然，你可以叫你的父親救你啊！」

那男人聽到士兵們的嘲笑，並沒有動氣，只是無奈苦笑一聲。

聽到這兒，薩尼終於知道身旁那名囚犯，就是近年聲名大作，據稱是上帝之子的耶穌。

薩尼雖從未見過這名「神的獨生子」，但他知道耶穌向來行善不少，怎樣也不該被掛在十架上。

這時，另一名掛在十字架的囚犯忽然粗魯的笑道：「對啊，要是你真是甚麼基督，還不快把我們三人都救下來？」

耶穌還未說話，薩尼便忍不住搶著道：「你啊，這是甚麼話？我們都是罪人，掛在這兒，是罪有應得的。」

那名死囚只是冷笑一聲，不再說話。

薩尼雖然不是名虔誠的教徒，但對耶穌聲名遠播，對他的事蹟耳聞不少。

薩尼自知今天難逃一死，便向耶穌說道：「你……你就是耶穌，那位神的獨生子吧？」

「我是。」

「耶穌啊，我不知道我究竟犯了甚麼罪，你可以告訴我嗎？」

耶穌沉默片刻，才說道：「孩子，人皆有罪。」

「人皆有罪？」薩尼喃喃自語，一時想不明白，「那我犯的究竟是甚麼罪？」

「我也不知道。」耶穌嘆了一聲。

「你也不知道？」薩尼忽然笑了，「你不是神的兒子嗎？」

「對。」耶穌也笑了，「所以全知的，是我父。」

「原來如此。」薩尼呆呆的點頭，又問道：「聽人說，只要相信你就可上天堂？」

「不錯。」

「那麼我現在相信你了。」

「很好。」耶穌淡淡的道：「那麼你今天將要和我，同往樂園。」

薩尼心中終於稍微高興起來，「天堂真的是個樂園？」

「嗯。」耶穌忽然小聲說道：「應該是。」

薩尼聽不到耶穌後面的話，因為就在此時，他的生命已經走到盡頭。

他被耶穌早來到刑場，自然也早他一步離去。

此時烈日當空，陽光正猛，但灑在薩尼身上，他卻感到周身越來越冷，視線也開始昏花起來。

頭腦再差，薩尼也知這是甚麼的徵兆。

快要離世，薩尼想得不是仇人，不是自己，而是他的姐姐。

「耶穌，我的姐姐也可以上天堂嗎？」薩尼氣虛力弱的問道。

「你姐姐？」

「她被人姦殺了。」

「那麼她是我的信徒嗎？」

「不是。」薩尼答道。他姐姐向來甚麼也不信。

「那麼……」耶穌猶疑片刻，才道：「她也許不能上天堂。」

「為……為甚麼？」薩尼愕然，「神不是慈愛的嗎？」

「是。」耶穌說道：「但她不相信我。」

薩尼萬分不解，他很焦急，很想追問下去，但一口氣卻始終提不上。

薩尼心中悲傷，可是終於神之子就在旁，他的生命卻終究沒有逆轉。

五感逐漸消失，薩尼的普通生命，終於以一個不普通的結尾結束。

存在無盡的黑暗，不知多久。

薩尼睜開雙眼，首先映入眼簾的，是一對年青的夫婦。

夫婦看到薩尼開眼，臉上盡是喜意，他們不斷喊著「薩尼」、「薩尼」，可是薩尼卻聽不懂。

他唯一的反應，就是哭。

因為此刻的薩尼，仍是個嬰兒。

薩尼是一名很普通的普通人，樣子普通，頭腦普通，只是命運有一點不普通。

今天是他二十四歲的生日，他提早下班，打算和姐姐慶祝，可是回到家裡時，他發現姐姐竟已給人姦殺。

薩尼知道，兇手定是剛才他看到，姐姐打工那家衣布店的少東。

薩尼心中悲憤，想跑去法院找法官報案，但一轉身，他便看到有一個渾身赤裸的少年站在門前。少年樣子英俊，卻隱隱帶點邪氣，左手卻自肩處不翼而飛。

「你是誰？」薩尼呆呆問道。

「路過閒人。」少年微微一笑，又看了看薩尼身後的屍體，問道：「那是誰？」

「我姐姐。」薩尼頹然道：「她被人姦殺，死了。」

「姦殺嗎？」少年看著裸屍喃喃，神色忽地閃過一絲哀傷。

「我要去報官，不跟你說了。」薩尼傷心的說道，想要離開。

少年側身讓路，薩尼離家時，也沒有正眼看他一下。

少年從後跟隨薩尼而去，默默地看著他如何報官，如何被冤枉入獄，如何被綁在十架上。過程之中，無數人和少年擦身而過，可是除了薩尼，似乎都沒人看到少年。

薩尼始終和少年甚少交流，就算少年一絲不掛的出現在牢獄之中，薩尼也沒甚麼特別反應，彷彿一切都很正常自然；少年亦一直沉默不語，只是跟在薩尼身旁，默默觀察著薩尼的遭遇。

一直到薩尼在十架上氣絕，右肋被刺穿，世界突然陷入完全的黑暗。

身處漆黑之中，少年沒有絲毫驚惶失措，他只是閉上雙眼，渾身放鬆的飄浮於神秘空間之中。

又過了一段漫長的時間，突然有一剎那，整個空間彷彿有一絲震動。

少年睜開眼睛，赫然發覺自己身處在一間房子之中，身前有一對夫婦，女的躺在床上，腹大便便，下身滿是腥血，男的正在抱著一名男嬰，喜極而泣；另外有一名小女孩，則站在旁邊，一臉好奇的看著那新生嬰兒。

薩尼是一名很普通的普通人，樣子普通，頭腦普通，只是命運有一點不普通。

今天是他二十四歲的生日，他提早下班，打算和姐姐慶祝，可是回到家裡時，他發現姐姐竟已給人姦殺。

薩尼知道兇手定是姐姐打工那家衣布店的少東，他想跑去法院找法官報案，但一轉身，便看到那個渾身赤裸的少年，站在門前。

這名少年，自薩尼懂性便已出現，可是薩尼卻對他的印象卻非常模糊，彷彿這少年一直沒有存在於他的人生之中。

「你是誰？」薩尼脫口問道。

「路過閒人。」少年淡然答道。這是薩尼第一千二百七十次問少年這個問題了。

薩尼呆呆的點點頭，便不再理會少年，徑自想離家報官去。

這一次，少年卻沒有讓路，整人擋在門前，教薩尼不解的看著他。

「薩尼。」少年想了想，問道：「你相信這世上，有天堂與地獄嗎？」

「我信。」薩尼點點頭。

「你覺得你姐現在的靈魂，會在在哪一邊？」

「姐姐一定是去了天堂。」薩尼忽然傻傻的笑，「姐姐是個好人……不！她根本就是天使！為了我，姐姐已經勞累了半生，為了我，她連自己的幸福都放在一邊！你說，她怎可能不上天堂呢？」

「嗯。」少年低頭默言半晌，又問道：「那麼，你自己呢？你死後會去哪兒？」

「我……我不知道。」薩尼聞言，有點不知所措，想了想，道：「我想，或者說我希望，我也會去天堂。」

「為甚麼？」

「因為我沒幹過壞事。我沒有罪。」薩尼說著，忽然露出一個真誠的笑容，「更重要的是，我希望可以在死後，也和姐姐一起，快樂的生活。」

「嗯。」少年看著薩尼，眼神流露複雜的神色，「你還是快點去報官，把姦殺你姐姐的兇手繩之以法吧！」少年側身，讓出大門位置。

「你說得對！」薩尼匆忙離開，但他走了數步，忽又回頭，看著少年問道：「我……我認識你嗎？」

「不認識。」少年笑道：「但我卻對你的人生，瞭如指掌。」

薩尼似懂非懂的看著少年半晌，才問道：「你叫甚麼？」

「畢永諾。」少年微笑。

薩尼「哦」了一聲，便頭也不回的離開了。

看著薩尼的身影漸遠，畢永諾嘆了一聲，便把薩尼家的大門關上。

當他再次打開大門時，原本人頭湧湧的街道消失不見，換成一個散發著柔和白光的空間。

畢永諾沒有猶疑，便即離開大屋，但見他的人完全踏在白光空間時，身後大門突然自動關上。

就在大門關上的一剎那，畢永諾周遭忽然有數以百計的大門憑空出現。

這些大門款式各異，或東或西，或古或舊，有些甚至只是一個簡陋的洞口。

大門空間的四方八面，排列看似隨意，但穩穩有一種特別的規律。

「嘿，又要選一個『人生』了嗎？」畢永諾左顧右盼，看著無數大門，無奈笑道。

其實畢永諾也不太搞得懂，究竟現在他是否真的身處在『地獄』之中。

被巨眼吞噬後，畢永諾便突然置身在這個充滿各式各樣大門的白光空間。

和世上所有關於『地獄』的傳說都不同，這兒沒有惡鬼，沒有閻王，沒有烈火，沒有奈何橋等，在這似乎無限大的空間之中，只有一道又一道的門以及不知從哪發出的白光。

最初看到這片光景，畢永諾不敢輕舉妄動，打開任何一扇門，可是靜候一段時間，空間始終沒有絲毫變化，大門也沒有任何動靜。

畢永諾記掛外面的情況，終究還是選了一道大門。

那是一道木門，造型古雅純樸，門上有一個特別的標誌，似是甚麼組織的徽章。

木門一開，畢永諾便不自由主的走了進去。

觀察許久，畢永諾才知道，原來大門之後，是一個死去之人的人生。

而他第一次經歷的人生，屬於一名叫爾先奴的意大利人。

爾先奴是名二十歲出頭的年輕人，但同時也是意大利黑手黨的教父。

第一次走進門裡，畢永諾只感手足無措，雖然爾先奴的經歷以凡人標準來看，也算曲折離奇，但比起畢永諾他自己的人生，可說是小巫見大巫。

無奈之下，畢永諾只可以一邊觀察，一邊尋找離去的方法。

在第二次經歷爾先奴的人生後，畢永諾終於發覺離開「人生」的唯一方法，就是經歷死者的人生一遍後，他必須在同一個時間點，自他進來的那道門離開。

就像這一次，畢永諾打開大門時，正是薩尼正要轉身離家報官之際，因此他想回到白光空間，就必須等待這時刻再次出現，然後自薩尼的家門離開。

如此反覆經歷數個人生，畢永諾終於大致摸熟『地獄』的環境。

畢永諾推測，人死後，靈魂進了『地獄』的話，就會化成一道大門，門後就是死者的一生。

這些大門，對死者的一生來說，非常重要，也許是他們人生的第一道門，也許是最後一道，又或者是命運扭轉的一道門。

每次畢永諾打開其中一扇門，周遭其他大門就會立時消失，逼使他走進那開了的大門中，以旁觀者的身分，經歷那人生一遍。

當身處在「人生」之中，只有該人生的死者才會看到畢永諾，但也僅僅如此，因為畢永諾無論做甚麼事，都不會影響「人生」的發展。

這些「人生」，彷彿就是一大套套立體的電影，重複又重複地播放。即便畢永諾嘗試和唯一看到他的死者作出交流，死者也只會作出一些簡單的反應，然後繼續人生。

直到此時，畢永諾其實已經歷過近千個「人生」。這些「人生」短則數分鐘，長則上百年，因此畢永諾在『地獄』之中，少說也逗留了千年。畢永諾知道這千年只是在靈魂思維之上的時間，在現實世界，也許只是過了數分鐘，不過他還是希望能盡早找到撒旦的靈魂。

在經歷這近千個人生時，畢永諾嘗試從中找尋這些人之間的相同之處，看看究竟他們為甚麼會在死後進了『地獄』。

可是，他發覺進入『地獄』的靈魂，並沒有明顯的規律。這些靈魂當中，自然有無惡不作的壞人，但更多的卻是平平無奇的凡人；他遇上許多非基督宗教信奉者，但也碰到不少虔誠的信徒。

畢永諾想起薩尼，他明明被耶穌親口許諾，死後能進『天堂』，但為何靈魂最終會留於『地獄』呢？

「『**天堂無極樂，地獄非絕境。上天下地，不過一念之差。**』」畢永諾喃喃自語，「究竟這句話，是甚麼意思？」

由於在這空間裡，時間的感覺大大減弱，因此畢永諾腦裡閃過孔明這句話時，不禁陷入思索之中。

白光空間沒有上下左右，畢永諾就此盤膝坐在虛空之中，默言沉思。

時光流逝，畢永諾不知不覺花了比平常更久的時間，逗留在白色空間裡。

就在此時，畢永諾突然睜開雙眼，警戒的看著四週，因為他感受到殺氣。

數以百計的殺氣！

周遭大門依然緊緊關上，但每道大門之後，忽然有一頭獨眼鬼人，迅速爬出來，並殺氣騰騰的衝向畢永諾！

「糟糕，一時想得太過入神，把這批傢伙都引出來。」畢永諾皺眉說道。

畢永諾眼前的鬼人與他使出幻覺絕招『地獄』中的外表相若，但幻覺中的鬼人，乃是他依據拉哈伯的描述而構造；相比之下，此刻周遭的真實鬼人更加猙獰，面部獨眼的眼神中，透著一股幻覺鬼人所沒有的冰冷死寂。

鬼人群看到畢永諾，彷如狼群遇羊，全都張大了口，邊嘶吼邊向他撲去！

畢永諾自然不會束手待斃，他看準鬼人群的來勢，身影一閃，從空隙中竄過攻擊，向遠方奔去。

其實鬼人群並不是頭一趟出現，只要待在這白光空間的時間久了，這群鬼人就會突然出現，瘋狂攻擊畢永諾。

以畢永諾的身手，要打倒鬼人不難，可是在這白光空間裡，有多少扇大門就會產生多少鬼人，面對如此無窮無盡的敵人，畢永諾只能選擇逃走。

雖然畢永諾不知這群鬼人從何而來，又如何才能滅掉，但可幸只要進入任何一道大門，經歷人生再回到白光空間時，鬼人們便會盡皆消失。

一直到畢永諾在空間停留太久，鬼人們才會再次出現。

再次面對鬼人們不要命的攻擊，畢永諾依舊選擇走避其鋒。

畢永諾一邊奔走，一邊尋覓適合的大門。

跑了一會兒，正開始拋離身後的鬼人群時，畢永諾突然駐足不前，呆立當場，因為畢永諾身旁有一道大門，正深深吸引了他的注意力。

畢永諾所呆看著的大門，用上常見的柚木，用上常見的合金門柄，用上常見的設計款式。

如此常見的木門上，貼了一幅畫作。

畫作以蠟筆所繪，畫風幼稚，像是孩童之作，裡頭有一對夫妻，夫妻之間又有一小男孩。

三人手拖著手，雖然畫功並不細緻，但畫作卻散發著一股幸福的感覺。

這種兒童蠟筆畫作，本來極之常見，但畢永諾卻非常在意。

因為畢永諾認得，這是他小時候的畫作。

這幅畫作，一直掛在他香港家裡的房門口。

這幅畫作，直到他媽媽過身，才自門上拆了下來。

「啊！」

一股突如其來的痛楚突然自右臂傳來，令畢永諾大聲呼痛！

畢永諾回身一看，只見身後正有一頭鬼人，神情猙獰，口中正咬著一塊血肉。

原來剛才稍微走神，竟已令鬼人群追趕上來！

眼看鬼人越來越近，畢永諾不再猶豫，一腳把鬼人踢開後，立時衝向木門，奪門而進！

第六十五章 —— 心結難解

第六十五章　心結難解

「啪」的一聲，木門關上，畢永諾身後的鬼人狂亂吼叫聲，也在同一瞬間完全消失。

霎時之間，四週一片幽寂。

稍微定下神後，畢永諾放眼一看，只見木門後的空間，一如他所料，盡是熟悉的事物。

熟悉的房間，熟悉的擺設，熟悉的玩具，熟悉的氣味。

這兒，正是畢永諾曾居住十六年的睡房。

房間盡處，有一扇大窗子，窗外月亮正圓，銀色的月光映進房中，恰好灑在小床上一名小男孩。

床上那名小孩，樣子俊秀伶俐，畢永諾認得就是小時候的自己。

看看掛在牆上的卡通日曆，此時正是八月，日曆上的交叉剛好打到十九號。

八月十九。

正好是畢永諾母親過世的前一天。

畢永諾輕步走到床邊，藉著月光，看著熟睡的小畢永諾。

小畢永諾樣子俊俏伶俐，熟睡時秀眉皺，表情甚是討好，但畢永諾看到小時候的自己，心中卻有一種說不出的矛盾感覺。

「你這傢伙，睡得倒安心。」畢永諾摸了摸小畢永諾的臉頰，淡然說道：「明天啊，你就會犯下大錯了。」

小畢永諾口中喃喃，也不知是不是在睡夢中聽到他的話。

這時，畢永諾身後突然傳來「咔」的一聲開門聲，然後有一把女聲驚呼道：「你是誰？」

畢永諾赫然回首，只見門外站了一名美貌少婦。

少婦樣子秀氣大方，肌膚白裡透紅，渾身散發著點點東瀛氣息，自然是畢永諾的母親，成尚香。雖然只是靈魂的記憶投射，但看到亡母，畢永諾還是有點心神激盪。

他正猶疑該如何開口時，成尚香忽然「啊」的一聲，隨即溫和淺笑道：「原來是小諾。」

「你……你認得我？」畢永諾疑惑的道。

「傻孩子，媽媽怎會認不得你呢？」成尚香柔聲笑道。

雖然已過了十多年，但畢永諾的樣子和小時其實沒有多大變化，加上氣息一樣，因此只是靈魂狀態的成尚香，便誤以為眼前的畢永諾仍然是那名小孩子，反應甚為熱情。

其實自從那夜見死不救，畢永諾每晚入睡都會發著惡夢，夢到成尚香化為厲鬼向他索命。

一直到畢永諾成魔以後，此夢才消失。

自那以後，畢永諾便把成尚香封鎖在心底，許多時候，他都故意不想起關於她的一切。

此刻亡母再現眼前，畢永諾心頭百味紛陳。

他本以為自己只是再一次成為靈魂中的過客，怎料成尚香會有特別反應。

畢永諾雖感意外，也知道眼前之人只是靈魂記憶，可是畢永諾實在想趁此機會，多瞭解亡母。

最終，畢永諾還是將錯就錯，誠心的叫了一聲：「媽媽！」

這兩字，足有十四年未從畢永諾的口中吐出來。

雖然他早已封起這段記憶，封起對母親的感覺，但再次說出這兩字，竟是如此自然。

「小諾，不知不覺，你又長大不少。」成尚香溫柔的摸了摸畢永諾的臉頰，又笑問：「傻孩子，怎麼還不睡，有心事嗎？」

「嗯。」畢永諾點點頭，努力感受臉龐上，那份疑幻似真的溫暖觸感。

「來，說給媽媽聽吧。」成尚香牽著畢永諾的手，溫言笑道。

畢永諾看著母親，猶豫好一陣子，才小聲說道：「媽，我做了壞事。」

「你幹了甚麼壞事？」成尚香秀眉一蹙，問道。

「我背叛了一個人。」畢永諾忽然側過頭，避開尚香的目光。

「是和你親近的人嗎？」

「嗯，可以這樣說。」畢永諾瞥了成尚香一眼。

「那麼，她有受到傷害嗎？」

「有。」畢永諾略為心虛的收回眼光，「她的身心，都因為我的背叛受盡傷害。」

「這樣倒有點麻煩。」成尚香皺著眉，拍了拍畢永諾的頭，「小諾，你得向人家好好道歉啊！因為背叛是不好的。」

「嗯，但願我有這個機會。」畢永諾小聲說罷，又問道：「對了，媽媽，可以問你一個問題。」

「傻孩子，問吧。」成尚香又掛上溫柔的笑意。

「要是……要是我有一天傷害了你。」畢永諾再次正眼看著成尚香，問道：「你會原諒我嗎？」

「你是媽媽的孩子，無論你做錯甚麼事，媽都會原諒你。」成尚香笑道。

「即便我令你受到很嚴重、很嚴重的傷害，」畢永諾看著成尚香那雙溫柔的眼睛，「你都不會恨我？」

「傻孩子。」

成尚香仍是那一句話，麗容上仍是那抹溫柔笑容，但被她擁入懷中的畢永諾，卻已明白媽媽的答案。

「成主任，早！」

接待員看到成尚香，連忙恭敬的打招呼，但完全漠視渾身赤裸的畢永諾。

成尚香點點頭，忽然看到身旁的畢永諾，訝異地問道：「小諾，你今天不用上課嗎？怎麼跟著媽了？」

「今天學校放假，不用上課。」畢永諾笑道：「而且我想看一下媽媽的工作環境。」

「傻孩子。」成尚香摸了摸畢永諾的頭頂，道：「那你得好好跟著媽，別到處亂跑啊。」

畢永諾笑著點頭。

畢永諾今年二十歲。為人十六年，成魔四年。

雖然作為人類的時間較久，但他對名義上的「家人」，所知遠不如共同生活只有四年的拉哈伯。程若辰、畢睿獻二人的真正身分，畢永諾一直到了烈日島才得悉。

至於成尚香，畢竟當時年紀太小，畢永諾僅僅記得，她是當類似「醫生」的職業，因為他看到成尚香整天到晚，都要穿著白色的長袍。

直到此時跟隨成尚香上班，畢永諾才知道原來他母親，並不是甚麼醫生，而是名生物技術研究員。

成尚香所工作的生物科技研究公司來自日本，在裡頭工作的人，許多都是從日本調配而來，因此畢永諾不時聽到他們以日語交流。

成尚香是公司裡其中一名研究主任，甫回到公司，便領著一群手下，在研究室裡埋頭苦幹。

從旁觀察了一整個上午，畢永諾才知道成尚香所研究的項目，原來是把機械和生物細胞結合的技術。

「這種技術非比尋常，研究室的設備也極為進，難不成這所公司和撒旦教有所關連？」畢永諾看著那些安裝了機械肢體的白老鼠暗忖。

他細心留意研究所各人的對話，可是內容都是環繞研究的成果，他唯有暫此作罷，繼續專心伴著成尚香。

投入工作中的成尚香可說極為專注，就算畢永諾在旁也不多理會。

只見她一雙秀眉長期蹙著，雖然沒了笑容，卻散發著另一種魅力，看得畢永諾也有點出神。

不過，畢永諾卻發覺，成尚香有時候會突然發呆，一呆就是好半晌。

他仔細觀察，留意到成尚香發呆時，眼神之中，偶爾會閃過一絲憂傷。

「又想起他了？」

一把男聲突然在二人身後響起，畢永諾回頭一看，只見眼前又是名熟人。

他的第二任父親，畢睿獻。

「沒有……只是想著研究，一時想得入神。」成尚香看到丈夫，收起愁容，強顏一笑。

「唉，你瞞不過我的。」畢睿獻怎會看不到妻子的反應，輕嘆一聲後，道：「他人都走了快一年，你還對他念念不忘嗎？」

「怎說，我和他有緣一起的日子非短。」成尚香看著畢睿獻，溫柔笑道：「可以多給我一點時間，去徹底忘記他嗎？」

「廢話。」畢睿獻輕撫著成尚香的臉兒，笑道：「你要我等多久也可以。」

眼前的景況，畢永諾小時候早已見過多遍，只是其時年紀尚小，又和新父不投緣，所以沒怎麼上心，現在知道畢睿獻的身分不同，自然倍加留神。

可是，畢永諾站在二人身旁，專心觀察畢，越看越是迷惑。

畢睿獻的每一個細微表情變化，畢永諾都看在眼裡，但無論說話還是眼神，畢睿獻的一舉一動，都是如此自然，渾不似假。

「究竟是他的演技太好，還是另有內情？」畢永諾摸著下巴，心下疑惑。

二人耳語片刻，畢睿獻身上的對講器突然傳來人聲，卻是另一組研究人員在呼喚他。

直到此時，畢永諾對畢睿獻的興趣更甚於他母親，可是他所處的靈魂屬於成尚香，活動範圍便限制於成尚香的記憶之中，因此他只能看著父親的背影，越走越遠。

走到大門時，畢睿獻忽然轉身，朝成尚香問道：「你……你今天甚麼時候回家？」

「對了。」

「今天的研究進度有點慢……」成尚香看了看手錶，笑道：「我想要八點左右才能離開。」

「啊，八點左右嗎？」畢睿獻小聲喃喃半晌，才對成尚香笑道：「嗯，今晚見吧。」說罷，畢睿獻忽然走回成尚香身邊，一把抱住她。

「獻！你……你在幹甚麼啊？」成尚香滿臉通紅，嬌嗔道：「別人都在看著呢！」

「我愛你。」畢睿獻看著妻子，溫柔笑道：「就算我每一句話都是假的，唯獨這一句，絕對真實。」

畢睿獻在她耳邊說罷，突然吻了她的臉頰一下，教成尚香的臉蛋變得更加通紅。

「知道了！」成尚香一臉羞澀，把畢睿獻推開後，笑道：「快點走吧，你的組員都在等你。今晚見！」

畢睿獻若有深意的看著成尚香片刻，才淡然笑道：「嗯，今晚見。」

雖然只是一閃而過，但畢永諾還是捕捉到他眼中那絲哀傷。

「他顯然知道撒旦教將會有所行動，不過卻沒有提醒媽媽小心。」畢永諾看著畢睿獻的背影暗忖：「究竟是不想，還是不能呢？」

就在畢睿獻離開研究室後，成尚香忽然問道：「小諾，你喜歡這爸爸嗎？」

畢永諾冷不防她會如此一問，想了想，便答道：「沒甚麼喜歡不喜歡，只要媽你喜歡就可以了。」

「是嗎？」成尚香看著研究室的大門，笑道：「其實啊，我也並不是那麼喜歡他。」

「嗯？」畢永諾頗為意想不到，「那麼你為甚麼要跟他在一起？」

「因為他很愛我。」

「他很愛你？」

「被傷害過的女人，心一定會封閉起來。但再密封的心，也會有一絲空隙留下，因為她們還希望這世上有愛她們的人。」成尚香瞧著大門，嫣然一笑，「既然不能和我愛的人一起，和一個愛我的人過日子，也不是壞事。」

說著，成尚香忽爾轉頭，看著畢永諾笑道：「而且，你年紀還小啊，我得讓你在完整的家庭成長。那人一走了之，但我不會讓他的離開，破壞你的心。」

聽到成尚香的話，畢永諾不禁無奈苦笑一聲，因為他知道今夜過後，這一家也不再完整，他的心亦已產生缺口。

畢永諾很想阻止悲劇發生，但他知道現在眼前一切，只是過去了的記憶，因此無論如何，所有事情都不可逆轉。

時分秒針總是在人心情不好的時候走得更快，畢永諾一言不發的看著母親工作，不知不覺已經到了晚上八時。

由於他們住在公司發配的員工宿舍，因此和組員分別後，成尚香便和二人畢永諾慢步回家。回家路上，畢永諾不停和成尚香說些有的沒的，因為他盡可能想把這條不歸路拉長一點。但自離開公司後，成尚香的反應變得冷淡得多，對於畢永諾的話，大半充耳不聞。

看著母親眼神落寞，彷彿被甚麼東西吸引一般朝家的方向走去，畢永諾還是閉上了嘴，默默的看著母親，伴她而行。

如此走了片刻，他們所居住的大廈已在眼前。

畢永諾抬頭一看，只見單位之內，有名小男孩倚窗張望，正是還年少無知的自己。

他認得前頭的小巷，就是成尚香被姦殺之處，畢永諾看到前方的角落，有一人正鬼祟匿藏，他不用多想也知道是撒旦教派來的「慾」。

走到這兒，畢永諾忽然止步不前，因為他不想再看一次自己的母親，如何被摧殘。

「媽媽，再見了。」

畢永諾看著那嬌小的背影，低聲說道。

不知何故，這句話傳入耳中後，成尚香忽停下腳步。

她看著畢永諾，柔笑著說了一句「再見」，便轉回身子，繼續邁往死亡。

畢永諾只希望接下來的一幕快點過去，然後讓記憶重新啟動。

他沒有看著母親走到盡頭，只是閉上眼睛，然後緩緩後退，盡可能不讓自己聽到任何聲音。

可是，畢永諾一直倒退，卻發覺成尚香的腳步聲不弱反增。

他心下正感奇怪之時，有一道沉重的呼救聲，自他耳邊發出來！

畢永諾睜眼一看，只見自己不知為何，竟又回到成尚香身旁，而此時「慾」已出手，抓住成尚香的頭，不斷朝牆上砸去！

成尚香極力掙扎，但她又怎會是「七罪」的對手？她越是掙扎，「慾」的表情越是興奮，砸得也越起勁！

畢永諾怒火中燒，終於按捺不住，出手想把「慾」拉開，但畢永諾的手快要觸到「慾」時，卻詭異地穿過他的肉身。

「可惡……」畢永諾滿心無奈，只能眼白白的看著母親被凌辱。

成尚香被「慾」砸得奄奄一息，衣服也被撕成碎片，任由「慾」壓在她身上施暴！

她雖然滿臉血污，一雙眼睛卻睜得老大，但亮麗的眼眸此刻只有無盡的悲憤和不解，那怨恨的眼神，剛好落在畢永諾身上。

畢永諾心下一寒，不知道成尚香看的究竟是自己，還是身後樓房上的小畢永諾。

「不過，也沒有甚麼分別。」畢永諾苦笑道：「害死媽媽你的人，始終是我。」

畢永諾再次閉上眼睛，但求眼前的慘況快快過去。

可是，他才剛閉上眼睛，成尚香突然說道：「小諾，你……你是甚麼意思？」

畢永諾聞言睜眼，卻見成尚香和「慾」仍在糾纏，但此時的「慾」不知何故，竟停下手腳，彷如石像般靜止不動！

成尚香沒有趁機掙扎，只是眼神詭異看著畢永諾，嘴角淌著鮮血的道：「小諾，你再說一遍。」

畢永諾想要回答，可是嘴巴完全動不了，也發不出半點聲響！

畢永諾發現自己四肢也動彈不得，勉強轉動眼球一看，驀然驚覺周遭的色彩，竟然變成完全的黑白灰。

此刻在整個空間裡，唯有成尚香身上的血，仍然艷麗如火！

「你剛剛說『害了』我，是吧？」

成尚香一邊說，一邊動作呆板的從「慾」懷中爬出來。

她在地上緩緩爬行，每向畢永諾多接近一分，周遭的色彩就多黯淡一分。

當她爬到畢永諾身旁時，纖幼白晰的手突然一把抓住他的腳踝！

成尚香抬頭看著畢永諾，樣子宛如鬼似屍，萬分恐怖，看得畢永諾既驚訝又心疼！

「我記得了，我記得了。我記得小諾你作了甚麼事。」

成尚香抓住畢永諾的衣服，慢慢向上爬，直到和他面對著面，那副血容忽然咧出一個令人心寒的微笑，說道：「你看著媽媽被人姦殺，也見死不救！」

語畢，成尚香忽然輕輕一笑，笑聲傳入畢永諾耳中，卻令他渾身一震，大感心寒。

因為他認得出這一笑，正是令他惡夢不斷的笑聲！

成尚香的笑聲一起，畢永諾眼前突然一黑，視力再復時，他只見眼前之人，竟由成尚香，換成了「慾」，卻是不知不覺間，取替了成尚香剛才的位置！

「怎麼整件事似乎改變了？」畢永諾心下盤思：「難道我的出現，影響了媽媽的靈魂，令這段記憶產生錯亂？」

眼看「慾」沒有任何反應，臉色灰黑，顯然空間仍在停頓，畢永諾這才稍微定心不過，他經歷過近千人生，眼前這種奇怪情況，還是頭一趟遇上，自然是束手無策。

畢永諾不想被「慾」所侵犯，無奈他的四肢依舊不可動彈。

當他正苦思逃脫方法時，突然嗅到一股刺鼻的血腥，原來是成尚香把頭伸進畢永諾和「慾」之間，和他倒轉對視。

「小諾，雖然你不是媽媽親生，但我向來視你如己出。」成尚香雙手捧著畢永諾的臉，哀怨的道：「但你怎麼恨心，讓媽媽受到這種對待？」

畢永諾感覺到成尚香的手很冷，冷得像冰一樣。

看著成尚香的臉，畢永諾心生歉疚，喉頭一陣鼓動，竟能再次發出聲音：「媽……對不起。」

成尚香凝視畢永諾，沒有說話，畢永諾卻感覺到她雙手輕輕擅抖。

忽然，成尚香幽幽輕嘆一聲，接著滿佈紅絲的眼中，流下了一滴血淚。

血淚，自成尚香臉上緩緩滑下，落在畢永諾的臉上碎開。

那一瞬間，整個空間終於再次充滿色彩。

「媽……呃！」

看著周遭變化，畢永諾本以為一切已回復正常，正要安慰成尚香幾句時，一隻大手突然捏住畢永諾的脖子，教他完全不能呼吸！

「嘿，我不是把你砸死的嗎？怎麼還有氣息的？」「慾」一手把畢永諾揪到半空，獰笑道：「好一頭頑強的小羔羊！不過越是拼命掙扎的，我越喜歡！」

一語未休，「慾」奮力抓住畢永諾的頭朝石牆砸去！

雖然事情來得突然，但畢永諾總算身經百戰，面目快要撞上牆壁時，雙腿猛地往前用力一伸，把自身和「慾」都向後推開！

「慾」冷不防他會突然反抗，手就此一鬆，給畢永諾掙脫開去。

擺脫「慾」的束縛，畢永諾立時向旁退開幾步，小心戒備。

「明明不久前和『慾』交手時，我倆的手力相若，怎麼現在遇上十多年前的他，力道反而如此巨大？」畢永諾看著「慾」，心下疑惑，「難道因為現在我正身處媽媽的靈魂裡，『慾』所擁有的力道量，是以照媽當年對他的主觀感覺所構成？」

想念及此，畢永諾不禁眉頭大皺。

他此刻失卻一手，加上「慾」的實力無故變強，自然難以硬碰。

畢永諾想要暫避其鋒，可是身子正想要動時，周遭的環境剎那間變回單調的黑白色，他整個人亦再次動彈不得！

「小諾，你怎麼胡亂走動？難道你想離開媽媽了？」

一直站在畢永諾前方的成尚香，竟詭異無比的出現在畢永諾身後，並以雙手牢牢箍著他的頸項！

畢永諾心下駭然，此時他更發現「慾」身上的色彩仍在，且正朝他殺氣騰騰的奔來！

「小諾，感受一下媽媽，因你所受之痛啊！」成尚香一雙冰冷的血唇，貼著畢永諾的耳邊，怨恨的說道，四肢勾住他周身上下。

「媽！你不是說過，無論我犯了甚麼錯，你都會原諒我嗎？」畢永諾大聲喊道：「你怎麼食言了？」

「孩子……」成尚香忽然吻了畢永諾的臉頰一下，淒楚苦笑：「你不也在你爸爸拋棄我們時說過，會永遠保護我，不再讓我受到傷害嗎？」

畢永諾聽到她的話，頓時啞口無言。

他的確暫說過這番話，而且不止一遍，雖只是當時無心的童言，但畢永諾終究還是說過此番話。

畢永諾想不到成尚香一直放在心裡，更萬萬料不到，她對自己懷著如斯深刻的恨意。這股恨意，更牢牢烙在靈魂之中，即便十數年已過，還是被誤闖進來的自己觸動。

現在成尚香顯然要畢永諾親嚐一遍她的痛苦，只是畢永諾心下雖對母親感到歉疚，但卻絲毫不想在此被「慾」那變態強姦，更不想賠上性命。

眼看「慾」正逐漸逼近，畢永諾顧不得身後的成尚香，極力掙扎。

可是無論他如何反抗，周身依然只有黑白灰色，意味著他仍不能活動四肢。

最後，四周終於回復色彩，但那是因為「慾」已經把畢永諾，牢牢按在地上！

「嘿，小羔羊，別怪我啊，要怪病就怪你那個貪婪無比的好老公！」「慾」低頭在畢永諾耳邊淫笑道：「薩麥爾大人下了命令，得讓你死得難看一點，不然難洩他心頭之恨。」

「慾」整個人壓在上頭，畢永諾只感他如山嶽般重，想要掙扎也掙扎不了。

「慾」手一伸，一把抓住畢永諾的頭髮，想再一次砸下他的頭！

「可惡，這傢伙真的太難纏了！」

畢永諾放聲怒吼，極力抬頭，可是「慾」此時臂力之巨，非他所能抵擋，畢永諾的額頭也一步一步的接近地面。

「別抵擋，讓他砸！」

有人突然在遠處大聲喊道！

畢永諾聞聲轉目一看，只見遠處站有名渾身赤裸的中年白人。

畢永諾當年居高臨下，街上情況一目瞭然，但從未見過此人，加上他又是一絲不掛，顯然是由外頭進來。

雖然對方來歷不明，但畢永諾此刻也是無計可施，終究決定依言放鬆，任由「慾」把他的頭砸在地上！

碰！

畢永諾眼前一黑，震盪和痛楚自額前散開，震得他腦袋一陣眩暈。

「慾」一擊得手，生怕畢永諾再有反抗，手上力道加劇，砸得更加起勁！

就在畢永諾被砸得頭破血流，幾近失去意識之際，那名白漢突然輕叱一聲：「轉！」

白漢清叱聲起的瞬間，畢永諾便感覺到白漢那處突然魔氣大作，然後自己頭部的痛楚一下子消失無全，而背上的「慾」則同時高聲痛呼！

畢永諾感到背部壓力大減，立時乘機翻身，雙腿一伸，把「慾」踢到一旁。

他站起來一看，卻發現「慾」額頭竟然受傷，血流如注，他伸手摸一摸自己額頭，卻是完好無缺！

「趕快過來，不然空間又會凍結起來！」白漢大喝一聲，只見他的左眼眼瞳竟變成了鮮紅色！

畢永諾看到白漢正站在大廈的出入大門旁邊，而此時大門之內，並不是大堂，而是那白光空間！

「小諾，別走！不要離開媽媽！」成尚香淒怨的聲音，自畢永諾背後響起。

畢永諾回首一看，只見那股黑白灰色正自成尚香周遭發起，如浪般朝他方向席捲而去！

畢永諾看著成尚香，心下一痛，終於還是朝大門奔去。

衝出大門後，二人終於回到白光空間。

白光空間，依然是一片門海，難得的幽靜，畢永諾不禁坐在地上，閉目冷靜一下。

雖然只是在成尚香的記憶中過了一天，但這一天卻彷彿比他經歷過的任何一個人生也要長。

見識過成尚香的恨意後，畢永諾心底裡的這個心結，非但未能解開，反而變得更加糾結。

「謝謝你。」低頭沉默好一陣子，畢永諾才嘆了一聲，然後睜眼對白漢淡然說道：「對了，你也是魔鬼吧？」

白漢笑了笑，身上魔氣一發，左眼立時變紅。

「想不到，在這兒會遇上別的人，而且還同樣是魔鬼，真是巧合。」畢永諾淡然一笑。

「並不是巧合。」白漢若有深意的一笑，「我是受人所托，進來救你出來。」

「誰？」

「孔明大人。」白漢笑著回答。

畢永諾沒有感到太意外，因為把他送進『地獄』的人，就是孔明。以孔明「先見之瞳」的能力，自該早料到會有此變故。

「如此說來，你是來帶我去見撒旦的？」畢永諾想了想，問道。

「不錯。」白漢笑著點點頭。

「那就請帶路吧，不然那些煩人的鬼人又會出現。」畢永諾站了起來，又問道：「對了，你的名字是？」

「我叫但丁。」白漢欠一欠身，笑道：「但丁．阿利吉耶里。」

救走畢永諾的人，正是意大利史詩巨著「神曲」的作者但丁，畢永諾自然聽過其名號。

「想不到我會在此遇上『神曲』作者。」畢永諾笑了笑，道：「但你筆下的『地獄』，此乎和我眼前所見的情況，完全不同。」

「拙作所描寫的天堂、地獄及煉獄，只是是由當時人們的印象而來，而且書中所寫的，不是景，而是人。」但丁笑道：「我只是想諷刺一下當時的環境而已。」

「但有一點絕對錯不了，那就是你親身遊歷過『地獄』。」

「不錯，不過關於我的事，還是容後再說。」但丁頓了頓，笑道：「撒旦大人可是等了你二千年。」

「撒旦！」畢永諾心頭一震。

撒旦這個名字，畢永諾早已聽過許多許多遍，而他也早接受了自己是撒旦轉身的事實。可是一直以來，畢永諾都知道撒旦早死，他從沒想過，會和有這麼的一天，和自己的前世見面！

「請帶路吧！」只是想一想，畢永諾的心情便不禁激動起來。

「其實『地獄』的環境並不是固定，而是取決於經歷個人的心態。」但丁領著畢永諾，問道：「你現在看到周遭，是甚麼樣的光景？」

「一整個透著白光的空間，充滿了門。這些門或許是大鐵門，或許是小木門，甚至是洞穴巢穴也有。」畢永看著但丁，疑惑的道：「難道你看到的和我不一樣？」

「不一樣。」但丁笑了笑，道：「現在我身處的地獄，是一個大森林，每一株樹各有高矮，但每一株大樹都必結有各式各樣的果子。」

「但剛才我可是看到你和我一樣，都自大廈的大門中，離開那段靈魂記憶。」

「可是在我的眼中，你和我一樣，是從大廈旁的松樹中摘下果實才離開。」但丁笑道：「其實之所以會有這種不同，是因為你我心境有異。」

「那為甚麼我看到的是門？」畢永諾皺眉問道。

「依我看，你看到的並非是『**門**』，而是『**通道**』。」但丁笑道：「一個帶你離開『**地獄**』的『**通道**』，一個令你達成某個目的的『**通道**』。」

畢永諾覺得但丁的話，似乎不錯，他進來『地獄』，就是希望能找到控制『萬蛇』的方法，而且也一直急著離開『地獄』。

「那麼，你為甚麼會看到果子？」畢永諾問道。

「因為我也等你等了二千年。」但丁看著畢永諾笑道：「你就是我等待成熟的果子。」

二人又走了好一會兒，忽然有一刻，畢永諾的心猛然一跳。

畢永諾似有所感，自然而然的往某個方向看去，只見那方向不遠處，沒有甚麼大門小門，卻有一個像樹洞般的黑窟。

「那就是撒旦的靈魂。」但丁笑道：「你自己進去吧。」

畢永諾聽到但丁肯定，便慢慢朝洞窟走去。

他本來頗為緊張，可是越接近洞窟，他的心便越為平靜，彷彿和撒旦見面，是非常等閒之事。

一直走到黑洞面前，畢永諾忽然回首，看著但丁問道：「對了，你看到甚麼樣的果子？」

「一顆，會流血的果實。」但丁看了看他身後的洞窟，若有深意的道。

畢永諾似懂非懂的點了點頭，便矮身走進樹洞之中。

越過洞口，眼前景象倏地一變，畢永諾突然身處一座古代中東大宅的廳子中央。

大宅四方八面都透進光來，可是那種光極不自然，教畢永諾分不出此刻是晝是夜。

廳裡毫無傢具，只有一張大羊毛氈子。

氈子白如雪，上頭坐有一人。

一個渾身漆黑如夜，頭長有雙角的人。

「來，坐吧。我等你許多年了！」

那人看著畢永諾笑道：「另一個『我』。」

地獄之皇！撒旦·路斯化！

第六十六章——前世今生

第六十六章 前世今生

畢永諾走到撒旦面前，和他一般盤膝坐下。

二人相對而視，一時間誰也沒有說話。

撒旦一臉平靜微笑，畢永諾卻頗感茫然。

撒旦處於「黑暗化」的狀態，渾身漆黑如墨，雖然整個房子四周都是光亮無比，但居中的撒旦始終是一片黑暗，彷彿把所有光線都完全吸收。

畢永諾看向撒旦時，感覺就像照一面有點扭曲的鏡子，面對的既是自己，又有些許差異。這種差異，就是二人身上所散發的氣質。

此刻二人皆以靈魂狀態視人，散發的氣質乃是最赤裸、最真實。

撒旦雖然只是安靜的坐在毯子上，但此畢永諾卻覺得在他面前的不是人，而是一頭獸。一頭，彷彿能將天下萬物吞噬的黑色巨獸。

畢永諾早在青木原便親眼看過撒旦的屍首，當時已見識過其霸道無匹的氣勢，但現在親見其魂，只覺得撒旦的邪氣，極之矛盾，既內斂又外放。

「我真的會成為這樣的一號人物？」畢永諾看著這頭黑色巨獸，心下疑惑。

終於還是撒旦先開口，他看著畢永諾笑道：「你打算瞧到甚麼時候？」

「我也不知道。」畢永諾也笑道：「今生面對前世，這種事我也是第一次經歷。」

「我也是。」撒旦笑道：「雖然我待在這兒許多年，但你是第一位訪客。」

說著，撒旦忽揮一揮手，接著畢永諾身旁，突然多了一個冒氣的瓶子。

畢永諾不喜酒，但嗅得出那是一瓶葡萄酒。

「我知道你定必歷過上千人生，才會走到這兒。」撒旦看著畢永諾，笑道：「先喝點酒再說。」畢永諾取過酒瓶，舉頭便飲。

也許此刻身在『地獄』，所有東西都是直接投入自身的靈魂，如血的紅酒入口，畢永諾但覺此酒甘甜非常，喝口舌頭有一種難以形容的舒適感覺。

「好酒！」畢永諾忍不住讚道，然後把葡萄酒一飲而盡。

「留在這裡的日子太長了，所以我甚麼也研究一番。」撒旦笑道：「好了，美酒喝過，我們也是時候談正經的。」

「好！」畢永諾拭了拭嘴角，問道：「這兒真是『地獄』？」

「不錯。我第一次進來的時候，也曾問過自己：這兒究竟是『天堂』還是『地獄』？」撒旦點點頭，笑道：「可是後來我卻想通了，這兒確是『地獄』。因為在這兒的靈魂，都不斷輪迴自己的人生。」

「那麼『天堂』又是怎麼的光景？」畢永諾又問道。

「我不知道。」撒旦搖搖頭，笑道：「那是一個我永遠無法到達的地方。」

「二千年前，你本和耶穌相約一戰，但最後被薩麥爾埋伏殺死。」畢永諾默言半晌，這才再問道：「依我看來，你的死是早有預謀，而孔明也知道真相吧？」

「不錯。」撒旦點點頭，「不然他不會讓你來此處尋我了。」

其實畢永諾早就猜到這一點，但現在聽到撒旦親口答應，還是感到有點難以置信。

「果然如此。」畢永諾苦笑一下，「可憐了拉哈伯和塞伯拉斯，因此和孔明反目成仇，一恨就是二千年。」

撒旦嘆了一聲，道：「其實我也對小拉和小塞感到十分抱歉，可是為了推遲『末日』降臨的日子，我不得不如此。」

「你的死能阻止世界滅亡？」畢永諾疑惑地問。

「不是阻止，只是推遲。」

「我不太明白。」

「你知道『末日』會在甚麼時候正式降臨人間嗎？」撒旦忽然笑問。

畢永諾想了想，終是搖頭。

「就是寄宿『天堂』與『地獄』裡的靈魂，數量完全相同之時。」

撒旦身體稍微前傾，嘴角勾起一個高深莫測的笑容。

撒旦的話，令畢永諾錯愕當場。

畢永諾一直想盡辦法集合群魔，預備末日的來臨，但他從未想過末日來臨的關鍵竟是如此。

雖然有點出人意表，但細想之下，卻覺得頗為合理。

「我第一次從孔明口中聽到這件事，也是完全意想不到。」撒旦看到畢永諾的樣子，忍不住放聲大笑，「我想我當時的樣子，和你現在相差不遠。」

「這件是孔明告訴你的？」畢永諾問道：「他怎知此事？」

「因為，『天堂』、『地獄』的靈魂數目，早嘗試過完全一樣。每一次兩者的靈魂量一樣，都會引發一些特殊的災禍。只是那時候，世上無人得知這些災禍與『天堂』、『地獄』有關。」撒旦解釋道：「直到一次偶然的機會，孔明以『先見之瞳』觀察未來，發覺要是我安然下去，『末日』便會在千年後降臨人間。至於這個觸發條件，就是他自無數未來中，苦苦推敲出來。」

「原來如此。」畢永諾摸著下巴想了想，道：「但我始終不明白，你生死怎能影響『地獄』、『天堂』的靈魂數目？」

「我的死，其實設下了兩道措施。」說著，撒旦忽然笑問：「你對『天堂』、『地獄』有多了解？」

「『天堂』與『地獄』是天上唯一親手製造的兩具靈魂容器。」畢永諾沒有多想，便即答道：「傳說它們分別收集人死後的正靈魂與負靈魂。」

「嗯，這些都沒錯。不過，」撒旦看著畢永諾，笑問道：「你可知道，靈魂如何分作正或負？」

畢永諾聞言，低頭細想。

這道問題畢永諾的確回答不了。雖然在尋上撒旦前，畢永諾曾經歷了許多人生，但他始終未能從這些靈魂之中，找出一個共通點。

想了好一會兒，畢永諾終是搖頭。

「你進來之前，孔明應該跟你說過一句話吧？」撒旦笑著唸道：「『天堂無極樂，地獄非絕境。上天下地，不過一念之差！』，這句話指的正是分辨靈魂正負的法則。」

「他確實說過這句話，可是我不明當中含意。」畢永諾說道。他在『地獄』遊歷的這段時間，一有餘閒就竭力推測這句話，但始終揣摩不透其意思。

「這一層你得自己參透領悟，不然由我告知，你的未來只會更加混亂不穩。」撒旦頓了頓，笑道：「不過，我可以給你一點提示。」

「甚麼提示？」

「細心想一想。」撒旦看著畢永諾笑道：「我的死，對魔界產生了甚麼影響？」

「你死了之後，魔界分成兩個陣營。」畢永諾想了想，答道：「一是以薩麥爾為首的撒旦教，一是以塞伯拉斯為首的殲魔協會。」

「不錯！這兩個組織的建立，皆在我與孔明的計劃之中。沒有我倆在背後推波助瀾，也許它們都不會存在。」撒旦笑道：「都過了許多年了，我想現在這兩個組織，早已滲漏地球的每一個角落是吧？」

這些日子以來，畢永諾都不停周旋兩大組織之間。他早見識過各自的手段，也深知其架構之巨，但他萬萬沒想到，這兩個組織的成立發展，原來全在撒旦的掌握之中。

「這兩個組織的發展，會令其中一種靈魂數目不斷增加。這就是我所設下的其中一項措施。」說罷，撒旦搖頭無奈道：「所以啊，我也是逼於無奈才對小塞和小拉隱瞞真相。」

撒旦教的提示，令畢永諾越聽越是迷茫。他閉目沉思好一會兒，但想破頭皮也想不出兩個組織和如何影響靈魂的正負。

「不用刻意去想，你總有一天瞭解當中含義，眼下只是時機未到而已。」撒旦看到畢永諾想到入神，不禁笑道。

畢永諾也只得暫且作罷，話題一轉，問道：「那麼你說的另一種措施是甚麼？」

「封印『地獄』。」撒旦向畢永諾笑問：「你應該遇過薩麥爾吧？你可知他擁有哪兩顆魔瞳？」

「『釋魂之瞳』及『縛靈之瞳』。」畢永諾答罷，忽然靈光一閃，恍然大悟，道：「難道你所指的封印，就是借『縛靈之瞳』，束縛『地獄』？」

「不錯！薩麥爾實力其實只稍遜於我，我故意激他出手，為了置我於死地，薩麥爾非得使出全力不可。」撒旦笑道：「當年一戰，全力發揮下的『縛靈之瞳』除了束縛了我的靈魂，還順帶影響了『地獄』。雖然不是百分百封印住，但薩麥爾已大大減低它吸收靈魂的數量。」

畢永諾聽罷撒旦的解釋，他忽然明白到為甚麼眼前之人，能成為魔界之皇，甚至擁有「最接近上帝的天使」這種名號。

其實撒旦和畢永諾，以及世上所有魔鬼、人類或任何一頭生物一樣，只有一條命，只能死一遍。可是，撒旦卻能算盡機關，利用他的死去換取更多東西及時間，甚至大大影響神魔人三界。

「你真的很厲害。」畢永諾忍不住開口讚嘆。

「你我本為一體。」撒旦笑道：「你也可以成為我。」

「嘿，真的嗎？」畢永諾冷笑自嘲，「我可是連拉哈伯都救不了啊！」

聽得撒旦皺眉詢問，畢永諾便把這幾年的經歷，一五一十的告訴撒旦。

「魔鬼魔鬼，有哪一個能不以悲劇收場？」撒旦搖頭嘆息後，又看著我，道：「其實，你不用太過自責，拉哈伯視你為戰友，也知道你的重要，所以這條路是他甘願選擇的。」

「可是我還得讓多少人犧牲？」畢永諾單手掩著半邊臉，無奈苦笑：「現在我躲在這兒，但外頭正鬥得天昏地暗，我還要等到甚麼時候，才能像你那般，舉手投足便能壓倒一切？」

「你成魔多少年了？」撒旦忽然問道。

畢永諾先是一呆，隨即答道：「四年有多。」

「那麼你認為我當魔鬼多久？」撒旦微微一笑。

「我不知道。」畢永諾頓了頓，又道：「我想，至少是我的數千倍吧？」

「也許不止。」撒旦哈哈大笑，又認真的看著畢永諾，道：「你說，你想單憑四年，就達到我這種高度，是太高估自己，還是太看輕我？」

畢永諾想想也頗覺有理，但隨即又再苦笑：「這樣的話，我豈不是永遠也不能追到你？」

「這倒未必。」撒旦笑了笑，道：「你只要盡力做好兩件事，便可以大大提升實力。那時候，你甚至能超越我。」

「哪兩件事？」畢永諾連忙追問。聽到有變強之法，他不禁熱心起來。

「第一。」撒旦豎起其中一隻手指，笑道：「在『地獄』之中修行。」

看到畢永諾一臉驚訝，撒旦便笑著解釋道：「在『地獄』裡，一念千年。時間流轉的速度比現實世界慢上許多倍，你要是在這裡修行，可以節省大量時間。」

「聽起來不錯。」畢永諾摸著下巴想了想，問道：「但在這兒大部分時間都在旁觀人生，環境受到限制，這樣修練起來，豈不是事倍功半？」

「『旁觀人生』只是最初的階段，當你的條件成熟，便可以進入下一個階段。」撒旦笑道：「那就是，『代入人生』！」

「『代入人生』？」畢永諾眉頭一皺，「就是由旁觀角度變成主觀角度去經歷靈魂的生前記憶？」

「不錯！」撒旦點頭笑道：「這種經歷，能夠加強你心智和精神力的成長，在某些特定的靈魂，更可以令你學習某些失傳的技能！」

撒旦的解釋教畢永諾有點期待起來，但他轉念一想，問道：「可是，我怎樣才能進入這個階段？」

「就是當你的靈魂和精神力進一步堅固的時候。」撒旦認真的道：「『代入人生』其實風險頗高，因為在過程中的見聞感受都是來自靈魂的主人，幾乎和真實無異，很容易會令人忘記『代入』，誤以為自己就是該靈魂。」

「那麼要是真的忘記了，又會怎樣？」

「要是忘了自己的真正身分，那麼你的靈魂就會被吞噬，和所經歷的人生完全融合。」撒旦正容道：「因此，你的靈魂必定要堅固到一定程度，才可以進行『代入人生』，不然只會適得其反。」

「那麼我還是得花不少時間在『旁觀人生』，才可以令靈魂提升啊！」畢永諾聽到這兒，搖頭苦笑。靈魂修練等同增強精神力，但精神力不比肉體，刻苦修練也只能精進一點。

「你說得對。不過，總有方法能增進效率，那就是你需要做的第二件事。」撒旦笑著豎起第二根手指，「來，站在我背後。」

畢永諾心下奇怪，但還是依言走去。

當畢永諾站在撒旦後面，看到他背部的情況時，立時神色一變，忍不住小聲驚呼。

畢永諾如此驚訝，
因為撒旦整個人竟沒有「背部」，
不單如此，
撒旦體內更是連半件內臟器官，
半根骨頭，半條肌肉也沒有！

待續

魔瞳 外傳

https://dreamakers.hk/devilseye06s

碧海青天之章

後記

創作是我這一輩子最喜愛的事，因為創作本應是可以絕對自由、絕對無拘無束。透過創作，本應可以將看到的、經歷的一切，自由自在地轉化為不同形式的情節，記錄下來。

本應。

這種「自由」，在刻下變得越來越稀薄，因為我們的生活，開始出現了紅線。每一條紅線，都在綑綁我們的手，縫合我們的嘴。每一天，這些不能觸碰的紅線都在增加，漸漸交織成網，包圍在我們四周，教我們可以移動的空間越來越少。

沒多久，這些密不透風的紅網，便會像成熟的果子般掉到地上，然後密密麻麻的鋪疊起來。

當腳下被染紅的土地越來越多、越來越廣時，不用多久，我們便再沒有躺睡的空間，再沒有坐下的空間。亦不用多久，再沒有站立的空間。

最後，我們只能挑一根紅線，吊起自己。

有許多人都在努力切斷驅趕這些紅線，而我亦深信，這些紅線終會有被完全清除的一天。

在那一天來臨前，我們或許能做的不多，但我相信，紅線再多再密，也有一個難以觸及的地方。

那就是我們的心。

在那之前，我仍會竭盡全力創作。

因為，還有許多人在堅持。

邦拿

魔瞳

卷一至卷五

經已出版

各大書局均有代售

魔瞳

The Devil's Eye 6

作　　者　邦拿　　責任編輯　賜民
出版經理　Venus　　設　　計　joe@purebookdesign

出　　版　夢繪文創 dreamakers
網　　站　https://dreamakers.hk
電　　郵　hello@dreamakers.hk
facebook & instagram　@dreamakers.hk

香港發行　春華發行代理有限公司
香港九龍觀塘海濱道 171 號申新證券大廈 8 樓
電話　2775-0388　　傳真　2690-3898
電郵　admin@springsino.com.hk

台灣發行　永盈出版行銷有限公司
台灣 231 新北市新店區中正路 499 號 4 樓
電話　(02)2218-0701　　傳真　(02)2218-0704
電郵　rphsale@gmail.com

承　　印　美雅印刷製本有限公司
香港初版一刷　2021 年 7 月
ISBN: 978-988-79895-4-7
Published and Printed in Hong Kong

版權所有 翻印必究

定價 | HK$108 / TW$540
上架建議 | 魔幻小說

©2021 夢繪文創 dreamakers · 作品 25